古典詩歌研究彙刊

第二一輯

龔鵬程 主編

第 **4** 冊

顧夐詞及其接受（下）

黃 鈺 琪 著

國家圖書館出版品預行編目資料

顧敻詞及其接受（下）／黃鈺琪 著 — 初版 — 新北市：花木蘭
文化出版社，2017〔民 106〕
目 6+152 面；17×24 公分
（古典詩歌研究彙刊 第二一輯；第 4 冊）
ISBN 978-986-404-865-6（精裝）
1.（五代）顧敻　2. 唐五代詞　3. 詞論
820.91　　　　　　　　　　　　　　　　　106000427

ISBN-978-986-404-865-6

9 789864 048656

古典詩歌研究彙刊
第二一輯　第四冊　　　　　　ISBN：978-986-404-865-6

顧敻詞及其接受（下）

作　　者　黃鈺琪
主　　編　龔鵬程
總 編 輯　杜潔祥
副總編輯　楊嘉樂
編　　輯　許郁翎、王筑　美術編輯　陳逸婷
出　　版　花木蘭文化出版社
社　　長　高小娟
聯絡地址　235 新北市中和區中安街七二號十三樓
　　　　　電話：02-2923-1455／傳真：02-2923-1452
網　　址　http://www.huamulan.tw 信箱 hml810518@gmail.com
印　　刷　普羅文化出版廣告事業
初　　版　2017 年 3 月
全書字數　198686 字
定　　價　第二一輯共 22 冊（精裝）新台幣 33,000 元　　版權所有‧請勿翻印

顧夐詞及其接受（下）

黃鈺琪　著

目

次

圖目次

表目次

第六章　顧敻詞之批評接受

　　詞學批評，係指批評者以自身學養，加諸詞學理論即其藝術審視等各方面，利用準確的字句，所進行的分析、研究。而透過此一研究，不僅能了解讀者與文本之間的關係，亦可見詞人與作品於歷代的詞史評價。而歷代詞學批評資料甚繁，不僅有專門著作，亦散見於各家的筆記、序跋、題辭，甚至於類書或史書當中，而論及詞話內容，王熙元〈歷代詞話之論詞特色〉有其真切闡述：

> 凡事話詞、論詞的詞話，其內容當然是以詞為中心，所涉及的問題相當廣泛，或探討詞學之源流正變，或研究詞中的音韻格律，或品評詞的優劣得失，或記載詞林的軼聞瑣事，或分析詞中的句法作法，或辯正前人傳鈔、傳文的訛誤，或考溯詞調調名的緣起，或摘錄詞人的佳篇雋語，或蒐輯散佚的斷章佚句，或折衷前人論詞的異同，或為詞人辨明誣妄，或泛論詞中旨趣，或評述詞集、詞選的優長與缺失。〔註1〕

由此可見，詞話內容豐富多樣，且涉及的範疇亦相當廣泛，故考察顧敻於歷代的詞話、詞論的評價，勢必得先掌握詞話、詞論發展之脈絡。

〔註1〕王熙元：〈歷代詞話的論詞特色〉，見錄於中央研究院中國文哲研究所編委會主編《第一屆詞學國際研討會論文集》（臺北：中研院文哲所，1994 年 11 月），頁 93。

首先，詞於宋代雖已達繁盛期，然而於詞論發展，尚屬萌芽階段。杜文瀾《憩園詞話》云：

說詞之書，宋世至爲繁類富，皆散見於雜著之中。〔註2〕

說明了宋代詞論大多見於雜著，論詞專著寥寥無幾。而稱得上詞論者，有〔北宋〕李清照《詞論》、〔南宋〕沈義父《樂府指迷》、張炎《詞源》等三書。

明代延續宋朝時期，不僅專著詞話不多，純屬詞論更少。專著詞話有陳霆《渚山堂詞話》、楊慎《詞品》、王世貞《藝苑巵言》、俞彥《爰園詞話》等。此外，亦有集中於詞籍序跋、詞選、詞譜當中，以「評點」方式呈現。據孫琴安《中國評點文學史》云：

隨著明代評點文學的全面昌盛，對詞的評點也開始由個別的重視而形成了一支陣容可觀的隊伍。像李攀龍、湯顯祖等一些在當時頗有名望的文學家都對詞進行過評點，而使明代的詞的評點也出現了一個前所未有的高峰。〔註3〕

「評點」，係爲一種隨閱隨批的的批評方式，且必然依附著詞作，並且是與所評作品，融爲一體。〔註4〕〔宋〕黃昇《唐宋諸賢絕妙詞選》已見評詞短語，至明代則大行其道，尤其到明代後期，這類零散、隨興之評點式詞話、詞論，可說是構成明代之主流，如謝旻琪《明代評點詞集研究》云：

中晚明文人，對詞抱持著兩極的態度，既重視又漫不經心；既視之爲小道，又特別想要細細賞玩琢磨。在世俗化的傾向和商業型態的主導下，「評點」這種隨把玩的批評方式便應運而生。〔註5〕

〔註2〕〔清〕杜文瀾：《憩園詞話》，見錄於唐圭璋編：《詞話叢編》，第 3 冊，頁 2851。

〔註3〕孫琴安：《中國評點文學史》（上海：上海科學出版社，1999 年 6 月），頁 145。

〔註4〕謝旻琪：《明代評點詞集研究》（臺北：花木蘭化出版社，2007 年 3 月），頁 11。

〔註5〕同前註，頁 124。

這種兩極化的態度，源自於明人對詞所秉持的心態，明人將詞視爲「藝術品」，就如同其他古玩、書畫一般，既喜愛亦會癡迷，然而終究並非是考據、研究，故其態度便不夠嚴謹，易流於疏粗。然而，評點文化的崛起，不僅代表著明代詞人注意到了詞之蘊藉，亦具備抒情特質，且因爲評點的隨意性，不但使內容平易近人，透過評點作品「一語中的」之精鍊，亦可見明人審美觀念。

　　而至清代諸家，因本著治學嚴謹、思慮縝密之精神，清人亦將此態度運用到治詞當中，且清人肯定詞體價值，其詞學理論嚴謹縝密，據孫克強《清代詞學》云：

> 清代詞學的成就是建立在兩宋詞學的基礎之上的。清代對兩宋詞學的繼承和借鑒有著深刻的現實背景，因而絕不是簡單的複製照搬，而是加以提升發展，進而形成新的理論系統。如對雅正理論的重新整合和闡述，即從思想内容、風格特點、音韻格律、文字修辭等方面提出要求。再如對唐宋詞人的推舉，也絕非是各人的風格好尚，而決定於該詞人在唐宋詞史上的地位，以及清代詞學發展的作用等方面的思考。〔註6〕

唐五代處於萌芽初期，而兩宋雖爲繁盛，然其多侷限於隨感抒發，縱使有評風格、辨體式者，然尚未有更深入的見解與評價；而明代則因視詞爲「小道」，對詞有著矛盾不一的心態，故其詞論亦未有較具系統性的發展；直至清代，詞學中興，不僅繼承兩宋典範，詞家流派亦開拓研究視野，不僅注意到詩詞之別、雅俗之分等議題，亦闡述詞學思想，進而架構起一套嚴密且周全的詞學理論，相較於明代主觀而感性的評點式詞話、詞論，清代的詞話、詞論，更可見其思路與脈絡，使其評論有跡可尋、有理可見。此外，清代亦發展出宋、明二代未見的論詞形式——論詞絕句與論詞長短句。顧名思義，「論詞絕句」係由絕句的方式來論詞，大多爲七言絕句，偶有六言絕句；「論詞長短

〔註 6〕孫克強：《清代詞學》（北京：中國社會出版社，2004 年 7 月），頁 15
　　　～16。

句」則係以詞的形式來論詞。對詞之接受而言,二者資料可謂不容忽視,其價值據王師偉勇〈清代論詞絕句之整理、研究及其價值〉云:

清代論詞絕句之價值凡四:一曰擴大詞學批評史之視野;二曰廣泛反映詞人之接受;三曰輔助建構論詞之觀點;四曰指出詞壇爭議之論題。雖然,論詞絕句之作者,係就平日閱讀所得,以六絕、七絕等形式進行批評,故其論述不免暴露兩缺失:一曰受限於形式,必須濃縮故實或逕化用原詞入詩;苟不曉其所從來,即難知其所以然。二曰評論作家或作品,恆「點到為止」難以深入;對詞壇爭議論題,或提問,或直抒觀點,辨析者鮮,故不少作者皆以附註補充,俾讀者知其所指。……故筆者所以強調凡欲運用論詞絕句者,必須與其他接受材料會通研究之故也。〔註7〕

指出論詞絕句之價值與其缺失。於價值層面言:其中,「擴大詞學批評之視野」與「輔助建構論詞之觀點」的概念一致,其目的可瞭解評論作家之詞學主張;而「廣泛反映詞人之接受」,則可凸顯其核心人物或是較具影響力之評論作家;「指出詞壇爭議之論題」,便是針對歷來詞壇較具爭議性之問題。於缺失層面言:其最主要問題乃受形式所侷限,以及「點到為止」之弊,故若使用論詞絕句、論詞長短句時,應要搭配其他的評騭資料,加以輔助印證、對照融通,如此一來,方能將接受之面貌更具充實、完備。

綜上所述,可見自宋迄清以來,評騭資料繁不勝數,幸賴今人唐圭璋編《詞話叢編》奠定基礎;後有張璋、職承讓等編《歷代詞話》、鄧子勉輯《宋金元詞話全編》、金啓華、張惠民《唐宋詞集序跋匯編》、張惠民編《宋代詞學資料匯編》、施蟄存主編《詞籍序跋萃編》等,蒐羅諸家資料,以上述專著著手,亦參酌散見資料及其相關書籍,欲探究顧夐詞於歷代評騭資料之接受情形,然而由於歷代對顧夐之評騭資料,多集中於某幾闋作評點、討論,故筆者於歷代詞學評騭資料之

〔註7〕王偉勇:〈清代論詞絕句之整理、研究及其價值〉,見錄於王偉勇:《清代論詞絕句初編》(臺北:里仁書局,2010年9月),頁42~43。

基礎上，透過其作〈河傳〉、〈浣溪沙〉、〈訴衷情〉、〈醉公子〉等四闋
作品，探究顧敻詞於歷代評騭資料接受之情形。

第一節　〈河傳〉之簡勁絕唱

　　顧敻〈河傳〉一調，計有「燕颺」、「曲檻」、「棹舉」等三闋。
通過上一章「顧敻詞之傳播接受」可知，自〔宋〕黃昇《唐宋諸賢絕
妙詞選》收錄顧敻〈河傳〉「棹舉」一詞後，顧敻〈河傳〉歷來備受
矚目。〔明〕湯顯祖評點《花間集》云：

　　　凡屬〈河傳〉題，高華秀美，良不易得。此三調，眞絕唱
　　　也。〔註8〕

湯顯祖認爲顧敻〈河傳〉三闋，乃「高華秀美」、「不易得」之作，且
蔚爲「絕唱」，評價甚高。顧敻〈河傳〉三闋，分別描寫：女子相思
春愁、男子爲「花」斷腸、旅人行舟惆悵等，有男女相思之情調，亦
有旅愁別情之寂寥。而讚其「絕唱」者，另有〔清〕李冰若《栩莊漫
記》云：

　　　顧敻〈河傳〉三首，末闋上半首，不愧「簡勁」二字，若
　　　士概譽之爲絕唱也。〔註9〕

李氏之說與湯顯祖有些不同。按李冰若認爲顧敻之「絕唱」，在於〈河
傳〉「棹舉」的上片，試觀其詞：

　　　棹舉。舟去。波光渺渺，不知何處。岸花汀草共依依。雨
　　　微。鷗鷺相逐飛。　　天涯離恨江聲咽。啼猿切。此意向
　　　誰說。倚蘭橈。獨無憀。魂銷。小爐香欲焦。（卷六，頁
　　　117）

詞描寫旅人江上行舟之寂寥。起句簡潔有力，詞人透過「2244」之句
式，並借茫茫江河之廣袤無邊，傳遞旅人心思，訴說旅人心頭的悵然

〔註 8〕〔後蜀〕趙崇祚編，〔明〕湯顯祖評點：《花間集》（臺北：國家圖書
　　　　館藏，〔明〕烏程閔氏刊本），卷三，頁 12。
〔註 9〕〔五代〕趙崇祚輯，李冰若注：《花間集評注》，卷六，頁 160。

若失。李冰若讚其「簡勁」，便是由啓航至行舟江上，再到旅人思緒，以簡短四句十二字，便將江上之「景」與旅人之「情」，呼之欲出。

〔清〕陳廷焯《白雨齋詞話》云：

> 好起筆。〔註10〕

又其《詞則・別調集》，亦云：

> 起四句，一步緊一步，衝口而出，絕不費力。〔註11〕

又〔清〕況周頤《餐櫻廡詞話》云：

> 顧太尉〈河傳〉云：「棹舉。舟去。波光渺渺，不知何處。岸花汀草共依依。雨微。鷓鴣相逐飛。」孫光憲之「兩槳不知消息，遠汀時起鸂鶒。」碻是櫽括顧詞。兩家並饒簡勁之趣。顧尤毫不費力，自然清遠。〔註12〕

以上，皆可見顧敻〈河傳〉「棹舉」上片簡勁、自然之筆。其中，〔清〕況周頤認爲孫光憲詞作乃隱括自顧敻〈河傳〉上半闋，雖兩家都有簡勁之趣，然顧敻筆力更勝一籌，即「毫不費力，自然清遠」。究其原因，顧敻以〈河傳〉「2244」較富有節奏感之句式，從啓航至行舟江上，再到旅人心思，動作一氣呵成，未曾斷續，渾然天成，不費吹灰之力；反觀孫光憲〈河瀆神〉：「兩槳不知消息，遠汀時起鸂鶒」乃爲詞末，孫詞刻意如此鋪排，爲的是反襯縈獨一人的惆悵，以景結情，借其遠方鸂鶒雙飛之景象，表現出懷人之悲愁情致。如此觀之，渾然天成的顧敻〈河傳〉自然較孫光憲〈河瀆神〉來得自然、清遠。當然，顧敻〈河傳〉「棹舉」並非只有起句可讀，其下片亦爲佳作。如俞陛雲《唐五代兩宋詞選釋》云：

> 「棹舉」，此調之用筆如短兵再接，音節如促柱么絃，須在急拍中以詞心一縷縈之。兩調之收筆三句，皆情景雙得。「愁紅」、「魂消」固爲押韻句，即連下句頌之，亦殊

〔註10〕〔清〕陳廷焯：《白雨齋詞話》無此文，見錄於〔五代〕趙崇祚輯，李冰若注：《花間集評注》，卷六，頁163。

〔註11〕〔清〕陳廷焯：《詞則》（上海：上海古籍出版社，1984年），頁562。

〔註12〕〔清〕況周頤：《餐櫻廡詞話》無此文，見錄於〔五代〕趙崇祚輯，李冰若注：《花間集評注》，卷六，頁156。

有致。〔註13〕

所論涵括「棹舉」、「燕颺」兩闋作品。俞陛雲首先提到「棹舉」一闋
起句宛若短兵相接，音節鏗鏘有勁，亦由末結三句，見其情景雙得，
情致皆出。

　　又〔清〕陳廷焯《白雨齋詞話》云：

　　　天涯十字，筆力精健。〔註14〕

本心無此意，聽者卻有心。置身於廣漠無際的茫茫江河之上，惟一葉
扁舟，其情如何不教人感到悽涼、無助？江聲湯湯，一如往常；啼猿
嘯叫，一如往常，然而一葉扁舟的情懷，卻非尋常。在這漫無邊際，
「不知何處」的旅人聽來，卻有著幾分惆悵、嗚咽，故陳廷焯稱其「筆
力精健」，僅十字：「天涯離恨江聲咽，啼猿切」，便道盡江邊風光與
旅人的黯然傷心事。

第二節　〈浣溪沙〉之情致婉約

　　繼〈河傳〉之後，〈浣溪沙〉的蘊藉文雅、婉約含蓄，亦受人喜
愛。顧敻〈浣溪沙〉一調，共有八闋作品，其中，最受人青睞的，當
為第一闋「春色迷人恨正奢」，於詞選輯錄中，亦受編者所注意。如
王國維評〈浣溪沙〉「春色迷人恨正賒」云：

　　　與〈河傳〉、〈訴衷情〉數闋當為敻最佳之作。〔註15〕

　　〔清〕李冰若《栩莊漫記》卷七評：

　　　「細風輕露著梨花」，巧緻可詠，結句振起全闋。〔註16〕

王國維言簡意賅，將此作與〈河傳〉、〈訴衷情〉等作相提並論，並認

〔註13〕俞陛雲：《唐五代兩宋詞選釋》（臺北：文史哲出版社，1988年7月），
　　　　頁79。
〔註14〕〔清〕陳廷焯：《白雨齋詞話》無此文，見錄於〔五代〕趙崇祚輯，
　　　　李冰若注：《花間集評注》，卷六，頁160。
〔註15〕王國維：《王國維先生全集‧續編》（臺北：臺灣大通書局，1976年），
　　　　第6冊，頁2322。
〔註16〕〔五代〕趙崇祚輯，李冰若注：《花間集評注》，卷七，頁163。

爲此闋乃「最佳之作」。讚譽極高。試觀其詞：

> 春色迷人恨正賒。可堪蕩子不還家。細風輕露著梨花。
>
> 簾外有情雙燕颭，檻前無力綠楊斜。小屏狂夢極天涯。（卷
> 七，頁 124）

此闋爲閨怨相思之作。顧敻先是以「恨」字，激起美人心中的波瀾動
盪，卻借由「細風輕露著梨花」，展現出雅緻、柔和的畫面，並以此
將美人激昂的心緒，作一沉澱。閴寂以思，思心流連，這一份恬靜持
續到了下片。下片開首的情緒不如上片激烈，但詞人反而利用簾外的
春光無限，再次狠狠地勾起美人的激情萬千，末結「小屏狂夢極天
涯」，便是重回上片，美人的急切心緒。而本來溫婉、恬靜的詞情，
卻在末結展現美人縱情恣意的想念，透過這一層想念，亦賦予了該作
蓬勃生氣的韻味。故李冰若云：「結句振起全闋。」理當如是。

然而，顧敻以「結句」振起全闋不只此作，〈浣溪沙〉其三「荷
芰風輕簾幕香」，末結情事，亦使人有感而發。如〔明〕徐士俊評
云：

> 「悔偷靈藥」、「悔教夫婿」，不如此「悔」深。〔註17〕

徐士俊以〔唐〕李商隱〈嫦娥〉與〔唐〕王昌齡〈閨怨〉二詩，與之
比較，認爲〈浣溪沙〉「荷芰風輕簾幕香」，其「悔」比二詩深刻，然
筆者看法稍有不同的看法，茲就三首作品概述如下：

> 荷芰風輕簾幕香。繡衣鸂鶒泳迴塘，小屏閑掩舊瀟湘。
>
> 恨入空帷鸞影獨，淚凝雙臉渚蓮光。薄情年少悔思量。

上片承顧敻慣用手法，以景色風光，點綴出下片美人獨守空閨之意。
而此「悔」有多深？透過「恨」、「空」、「獨」、「淚」、「薄」等悲切字
眼所塑造的一片晦暗孤影，將美人錯遇良人、耽誤了青春的年少時
光，後悔不多加斟酌、思量，使之陷入獨守空閨的凄涼。此「悔」，
係因對於過去所犯下難以彌補的錯誤，只能面對這無法改變的錯誤。

〔註17〕〔明〕卓人月、徐士俊編：《古今詞統》（明崇禎間刊本，臺北：國
　　　家圖書館藏），卷四。

而顧敻便是利用此番人心，加諸詞彙的層層堆疊，呈現出美人「早知今日，悔不當初」的「悔恨」之情。而這事與願違的局面，〔唐〕李商隱〈嫦娥〉詩可說是更勝一籌：

> 雲母屏風燭影深，長河漸落曉星沉。
> 嫦娥應悔偷靈藥，碧海青天夜夜心。〔註18〕

此作各家看法不一，本文就詩名〈嫦娥〉，以「詠嫦娥奔月」視之。相傳，嫦娥偷了西王母贈與夫婿后羿的不死丹藥，飛升到了月宮，從此過著獨居孤單的日子。詩中所言「嫦娥應悔偷靈藥，碧海青天夜夜心」，便是描述這一段淒美的神話故事。整首詩作蔓延著一股黯淡的悲哀，詩人先是透過「燭影」，以「深」字映現出幽暗隱晦的色彩，而幽暗氣氛，並未因「長河落」、「曉星沉」而有所變化，反而因詩人以「嫦娥應悔偷靈藥，碧海青天夜夜心」，深深將嫦娥困於漫無邊際的孤寒寂寞裏。所謂「碧海青天」，歐麗娟《李商隱詩歌》有深刻見解：

> 所謂「碧海青天」所呈現的是一無邊無際的浩瀚宇宙，……
> 而如此被架空在夐絕無垠的「碧海青天」之間的嫦娥，下
> 不能獲得愛情、親情、友情之類人間的溫暖與撫慰，上又
> 不能自足於孤寒寂寞的月宮仙界，左右失據之餘，只得孤
> 懸於整個宇宙所鋪展的黑暗與寒冷之中，……日日夜夜都
> 在椎心蝕骨的悔恨之中悲痛不已。〔註19〕

既無法擁有昔日的愛情，亦只能獨留在清冷寂靜的月宮之中。這一份「心」，是「悔偷靈藥」的「悔心」，是一份日日夜夜都在椎心蝕骨的悔恨之情。反觀〔唐〕王昌齡〈閨怨〉詩，其「悔」，可說是小巫見大巫了。詩云：

> 閨中少婦不知愁，春日凝妝上翠樓。

〔註18〕〔唐〕李商隱：〈嫦娥〉，見錄於〔清〕彭定求等修纂《全唐詩》，卷
　　　　五百四十，頁 6197。
〔註19〕歐麗娟：《李商隱詩歌》（臺北：五南圖書出版股份有限公司，2003
　　　　年 5 月），頁 268。

忽見陌頭楊柳色，悔教夫婿覓封侯。〔註20〕

王昌齡善於用七絕，含蓄且細膩的表現閨閣女子的心理狀態。而此詩亦是使用相同手法，先是借「少婦不知愁」，至末結「悔教夫婿覓封侯」，傳遞出少婦「知悔」的心理變化。詩人以「忽見」二字，突兀但強烈的將少婦本優哉游哉的「凝妝上翠樓」之遊春心情，卻因「陌頭楊柳」，促發了以往不曾有過的念頭。「楊柳」，是春夏之際的風景，亦是送君千里的贈別信物；昔日的贈別，如今轉眼，竟又見陌上青柳，亦是這一瞬間，使得少婦驚覺韶華易逝、虛度青春的幽怨，此怨，源自於「悔教夫婿覓封侯」的「後悔」。

如此觀之，若以「時間終結」三首之「悔」而言，應是李商隱〈嫦娥〉：「悔偷靈藥」較顧敻〈浣溪沙〉：「悔思量」來得沉痛，而王昌齡〈閨怨〉：「悔教夫婿」則不如顧敻來得深刻。三首作品的「悔」，很明確的都是面對了無法彌補的錯誤，自責自恨的「悔意」。〈嫦娥〉所描寫的是神話中的月宮女仙，是與生命有限的凡夫俗子不同，他有著長生不死的特質，因此一旦有了無法彌補的錯誤，且沉溺於難以自拔的後悔當中，如此非但不能有所超脫，反而將永恆地背負著苦痛、陷入萬劫不復的境地。反觀生命有限的凡夫俗子，縱然悔不當初，卻因壽命的有限而有終止的時候，尤其是王昌齡〈閨怨〉詩，其「悔」之短暫，不過就到夫婿覓得良職的那一天，便是相聚之時了。故筆者認爲，李商隱之「悔偷靈藥」當比顧敻之「悔思量」來的深刻、悲哀。

顧敻〈浣溪沙〉八闋，多半呈現出含蓄、委婉之風格，如〔清〕陳廷焯《白雨齋詞話》，評〈浣溪沙〉「雲澹風高葉亂飛」，云：

婉約。〔註21〕

〔清〕李冰若《栩莊漫記》卷七，評〈浣溪沙〉「庭菊飄黃露濃」

〔註20〕〔唐〕王昌齡：〈閨怨〉，見錄於〔清〕彭定求等修纂《全唐詩》，卷一百四十三，頁1446。

〔註21〕〔清〕陳廷焯：《詞則》，頁562。

云：

　　寫夢境極婉轉。〔註22〕

　　又評〈浣溪沙〉「雁響遙天玉漏清」，云：

　　「炷香平」，其幽靜可想。〔註23〕

　　〔清〕王時翔〈莫荊琰詞序〉云：「詞自晚唐溫、韋，主於柔婉。」〔註24〕顧敻〈浣溪沙〉八闋皆見柔婉之色，鮮少豔情。其〈浣溪沙〉「庭菊飄黃玉露濃」，雖是透過「夢境」，描畫顧敻詞中難得一見的相會場景，然而詞人也僅以「惹香暖夢繡衾重，覺來枕上怯晨鐘」，傳遞出美人夢裡聚首的美好與不捨。〈浣溪沙〉八闋，其中雖有「恨」這類強烈字眼的揪心，但更多的是黯然神傷的失落。如〈浣溪沙〉「雲澹風高葉亂飛」寫良人辜負，詞人並沒有以激烈的心緒，埋怨良人辜負昔日的誓言，反而透過靜謐景致，寒雨紛飛、深閨靜掩，婉轉地映現出美人心中的憂思、惆悵，故〔清〕陳廷焯評云：「婉約」，可謂其來有自。而這一片幽靜，亦蔓延至「雁響遙天玉漏清」，故李冰若評其「幽靜可想」此闋蘊藉含蓄，詞人亦以景致靜謐，傳遞出美人思君深切之意。

　　顧敻〈浣溪沙〉八闋，雖僅是隨手評點，然而從中卻顯示出評點家評論〈浣溪沙〉多為正面評價，無論是評點詞境之幽靜、情感之尤深、詞風之婉轉，或是王國維言簡意賅，認為〈浣溪沙〉其一乃「最佳之作」等，皆表現出顧敻〈浣溪沙〉為後人所欣賞。

第三節　〈訴衷情〉之透骨情語

　　顧敻〈訴衷情〉「永夜拋人何處去」（全詞已見頁72），乃直抒胸

〔註22〕〔五代〕趙崇祚輯，李冰若注：《花間集評注》，卷六，頁164。

〔註23〕同前註，卷七，頁165。

〔註24〕〔清〕王時翔：〈莫荊琰詞序〉，見錄於《小山詩文全稿》（臺南：莊嚴文化出版公司《四庫全書存目叢書》本，1997年6月），第275冊，頁154。

臆之作，其情致動人、率眞之筆，於「一歸於艷」的顧敻詞作中，綻放出一道清疏自然之色彩。〔清〕況周頤《餐櫻廡詞話》總評顧敻詞作云：

> 顧敻詞，《全唐詩》五十五首，皆艷詞也。濃淡疏密，一歸於艷。〔註25〕

是知顧敻詞作除了綺麗濃豔，亦有清疏淡雅之筆，如〈訴衷情〉「永夜拋人何處去」，全詞以白描手法，呈現眞摯動人的情感，而這一份情感，乃源自於：「換我心，爲你心，始知相憶深。」的相思情語。

〔清〕汪灝《知本堂讀杜》云：

> 杜陵〈月夜詩〉，明是公憶鄜州之閨中及小兒女，卻代閨中憶己。又分別之曰某解憶，某不解憶。明是公憶鄜州閨中，遂於月下佇立不覺長久，卻云閨中看月許久，鬟必濕，臂必寒也。明是公憶閨中久立月下而淚不乾，卻云何時偕閨中倚幌雙照淚痕，身在長安，神游鄜州，恍若身在鄜州，神馳長安矣。曩讀顧敻〈訴衷情〉詞云：「換我心，爲你心，始知相憶深。」是此一派神理。〔註26〕

汪灝讀杜甫〈月夜〉詩，原不明其意，後乃恍然體悟。試觀其詩：

> 今夜鄜州月，閨中只獨看。
>
> 遙憐小兒女，未解憶長安。
>
> 香霧雲鬟濕，清輝玉臂寒。
>
> 何時倚虛幌，雙照淚痕乾。〔註27〕

此詩乃杜甫因安史之亂被擄於長安，望月思鄉而作。首聯乃代「閨中」憶己，既寫思妻亦寫妻憶己；第二、三聯則以詩人立場，遙憶家中小兒女及其倚窗望月的妻，是怎般孤凄；末聯則寫詩人與妻虛幌相見之

〔註25〕〔清〕況周頤：《餐櫻廡詞話》無此文，見錄於〔五代〕趙崇祚輯，李冰若注：《花間集評注》，卷六，頁156。

〔註26〕〔清〕鄭方坤：《五代詩話》（臺南：莊嚴文化事業有限公司，1997年《四庫全書存目叢書》本），第420冊，卷四，頁30。

〔註27〕〔唐〕杜甫：〈月夜〉，見錄於〔清〕彭定求等修纂《全唐詩》，卷兩百二十四，頁2430。

景。這般梳理，便能知詩人何以「憶鄜州之閨中及小兒女，卻代閨中憶己」、何以「憶鄜州閨中，遂於月下佇立不覺長久，卻云閨中看月許久」等種種情思。「月」，自古以來便象徵著團圓。詩人透過「望月」，以妻子的角度憶己，卻又遙念獨守閨中的妻；縱使家中有兒女與之陪伴，但兒女年紀尚幼，不識愁滋味，不懂得想念遠在長安的爹，亦不知娘何以倚窗看月。其心中幾番相思，小兒女尚不知，故言妻子「閨中只獨看」，孤身看著與夫同望的月，猶如昔日的相依相偎。而相思至極、思念加劇，虛幌之間，人影雙雙，兩人已然相處一方，故詩人云「雙照淚痕乾」，即映現夫與妻已是面對面之寫照。詩人以「月」始，於末結寫其團圓，但身處兩地的人如何能一夜團圓？汪灝起先不明其意，直至顧敻〈訴衷情〉：「換我心、爲你心，始知相憶深。」之詞句，方領悟杜詩所言，乃「身在長安，神游鄜州，恍若身在鄜州，神馳長安」之心境。而此番「面對面」之心境，亦涵蓋著美人心底最期望的意念與盼想。故〔清〕王闓運《湘綺樓詞選》云：

> 亦是對面寫照。有嘲有怨，放刁放嬌。《詩》所謂「無庶子子憎」，正是一種意。〔註28〕

首先指出美人率真性情，乃「有嘲有怨」、「放刁放嬌」，相較於《花間集》多以比興寄託，含蓄委婉地表達手法，顧敻詞之直抒胸臆，展現出美人敢於愛恨，有怨有嗔之可愛，別具一格。其次舉出《詩經・齊風・雞鳴》：「虫飛薨薨，甘與子同夢；會且歸矣，無庶予子憎。」〔註29〕將妻子對夫婿的百般叮嚀，等同視之，認爲兩廂同「意」，皆盼君能明白自己的一片用心。雖兩首作品看似毫無聯繫，但兩位女子的心意卻是一脈相承的。然而，美人此番用心，卻讓〔明〕湯顯祖爲之抱屈，因云：

〔註28〕 〔清〕王闓運：《湘綺樓詞選》，見錄於清代詩文集彙編編纂委員會編：《清代詩文集彙編》（上海：上海古籍出版社，2010年），第723冊，頁。

〔註29〕 〔漢〕毛亨注疏：《十三經注疏・詩經》（臺灣：藝文印書館，1993年9月），頁188。

要到換心田地，換與他也未必好。〔註30〕

到底人心暗藏，縱然與之交換，使他知曉你的好；但若他心早已遠
離，不再牽繫著你，就算兩心相換也是枉然，故〔明〕茅暎《詞的》
亦評：

到底是單相思。〔註31〕

二者皆彷彿爲女子癡心一片感到憐惜。然而，也許眞如湯顯祖所言，
「換了也未必好」，但換了，至少能讓那薄情郎知曉，曾經有這麼一
片赤誠芳心待伊。「愛」，是要說出口，才能讓人知道；若閉口不談、
不行動，縱使愛得日益憔悴，也於事無補。顧敻〈訴衷情〉以眞摯情
感著稱，王國維更是讚其爲「絕妙」之作，有云：

詞家多以景遇情，其專作情語而絕妙者，如牛嶠之「甘作
一生拚，盡君今日歡」，顧敻之「換我心，爲你心，始知相
憶深。」、柳永之「衣帶漸寬終不悔，爲伊消得人憔悴」，
周美成之「許多煩惱，只爲當時，一晌留情」。此等詞，求
之古今詞中，曾不多見。〔註32〕

王國維認爲，專作情語而足稱「絕妙」者，應當是脫離了景致添綴、
渲染，意蘊自成，且具備強而有力的感染氛圍，信手拈來便使讀者
深陷其中，爲之著迷，方爲「絕妙」；並舉牛嶠〈菩薩蠻〉、顧敻〈訴
衷情〉、柳永〈蝶戀花〉、周邦彥〈慶宮春〉等作品，認爲求之古今
中外，「專作情語而絕妙者」並不多見，且顧敻〈訴衷情〉列位其中，
足見王國維對其作之賞識。而〔清〕王士禎《花草蒙拾》亦讚譽有
加：

顧太尉「換我心，爲你心，始知相憶深。」自是透骨情語。
徐山民「妾心移得在君心，方知人恨深。」全襲此。然已

〔註30〕〔後蜀〕趙崇祚編，〔明〕湯顯祖評點：《花間集》（臺北：國家圖
書館藏，〔明〕烏程閔氏刊本），卷三，頁20。
〔註31〕〔明〕茅暎：《詞的》（北京：北京出版社《四庫未收書輯刊》，2000
年1月），輯8，第30冊，頁552。
〔註32〕王國維：《王國維先生全集‧續編》（臺北：臺灣大通書局，1976年），
第6冊，頁2322。

　　　　為柳七一派之濫觴。〔註33〕

又《歷代詞話》引《蓉城集》，亦云：

　　　　雖為透骨語，已開柳七一派。〔註34〕

所謂「情語」，自然指男女之情；而「透骨」二字，則表示以直言不諱之筆，訴說其喜怒嗔怨之情。誠如本文所強調的，〈訴衷情〉不同於以往含蓄而婉轉的表達方式，而是直抒胸臆，展現其真率性情，「有嘲有怨」、「放刁放嬌」的生動形象。而此創作手法，正好與「柳七一派」有所相通，故王士禎認為柳七一派承顧敻描摹情語的創作手法，乃開此派之先聲。此外，〔清〕陳廷焯《白雨齋詞話》以為此作之「率真自然」，當為元人小曲之源流，其云：

　　　　元人小曲，往往脫胎於此。〔註35〕

「元人小曲」，係指元曲。王國維《宋元戲曲史》云：「元曲之佳處何在？一言以蔽之，曰：『自然而已矣』。古今之大文學家，無不以自然勝，而莫著於元曲。」〔註36〕元曲的「自然」，係因採用通俗的文字、襯字的使用等，其中，與「詞」有明顯大不同者，即是對「情」之描寫。因文人受禮教束縛，本著「怨而不怒，哀而不傷」之原則，以「含蓄蘊藉」為上，反觀元曲對於「情」之表現，卻是大膽而直接，如關漢卿之〈雙調新水令〉，以白描手法，大膽且奔放的表現出「情」字尤濃，無所顧忌。元曲之特點，乃興之所至，以抒發其心中情感，表達出心中想望，誠如顧敻〈訴衷情〉：「換我心、為你心，始知相憶深。」的深情告白。而這般以自然之句，寫入骨之情，開元曲〈一半兒〉之張本，亦有〈荷葉杯〉一調。李冰若《栩莊漫記》云：

　　　　顧敻以艷詞擅長，有濃有淡，均形容極妙。其淋漓率真處，

〔註33〕〔清〕王士禎．《花草蒙拾》，見錄於唐圭璋編：《詞話叢編》，第 1 冊，頁 674。

〔註34〕〔清〕王奕清等輯錄：《歷代詞話》，見錄於唐圭璋編：《詞話叢編》，第 2 冊，卷三，頁 1131。

〔註35〕〔清〕陳廷焯：《白雨齋詞話》無此文，見錄於〔五代〕趙崇祚輯，李冰若注：《花間集評注》，卷六，頁 160。

〔註36〕王國維：《宋元戲曲史》（臺北：藝文印書館，1957 年 4 月），頁 98。

前無古人。如〈荷葉杯〉九首，已爲後代曲中〈一半兒〉
之張本。〔註37〕

是知李冰若亦認爲顧夐〈荷葉杯〉一調，開元曲〈一半兒〉之張本。
〈荷葉杯〉九闋可說是一聯章詞。此九闋雖看似獨立，卻又有所聯繫，
乃描寫相思女子之情絲難斷的歷程，並於每闋詞作的句末，以「知麼
知」、「愁麼愁」、「狂麼狂」、「羞麼羞」、「歸麼歸」、「吟麼吟」、「憐麼
憐」、「嬌麼嬌」、「來麼來」等句，重疊復問。亦是這般「重疊復問」，
使得李冰若認爲，〈荷葉杯〉九闋，爲「後代曲中〈一半兒〉張本」。
元曲〈一半兒〉屬於北曲的仙呂宮調，因曲詞中有「一半兒」三字，
且重複出現，故名〈一半兒〉。據〔清〕李調元《雨村曲話》卷上云：

臨川陳克明〈春粧曲〉云：「自將楊柳品題人，笑撚花枝比
較春，輸與海棠三四分。再偷勻，一半兒胭脂一半兒粉。」
後遂名此調爲〈一半兒〉。〔註38〕

顯而易見，曲中「一半兒」三字，重複出現，宛若顧夐〈荷葉杯〉
末結「狂麼狂、狂麼狂」、「來麼來、來麼來」等重複疊問，並將相
思女子的率眞性情映現的淋漓盡致，亦體現出民歌所獨有的熱情奔
放之素心。故李冰若視其爲〈一半兒〉之張本，可謂恰如其分。顧
夐詞雖以「艷詞」著稱，然而不論是〈訴衷情〉抑或是〈荷葉杯〉，
皆可見其率眞、自然之情致，故〔清〕況周頤《餐櫻廡詞話》總評
顧夐詞云：

顧太尉詞，工致麗密，時復清疏，以艷之神與骨爲清。其
艷乃入神入骨，其體格如宋院畫工筆折枝小幀，非元人設
色所及。〔註39〕

「時復清疏」，即指〈訴衷情〉一闋。〈訴衷情〉以白描手法，展現其

〔註37〕〔五代〕趙崇祚輯，李冰若注：《花間集評注》，卷七，頁171。

〔註38〕〔清〕李調元撰：《雨村曲話》（出版地不詳：青石山莊，1961年），
頁7。

〔註39〕〔清〕況周頤：《餐櫻廡詞話》無此文，見錄於〔五代〕趙崇祚輯，
李冰若注：《花間集評注》，頁156。

眞摯、動人之情致，其「換你心、爲我心」之兩心置換，以見眞心之
筆觸，不僅令人讀之動容，更見其情愛得熾烈且深刻。

第四節　〈醉公子〉之高淡韻遠

〈醉公子〉一調，爲唐教坊曲，又名〈四換頭〉。據〔明〕湯顯
祖《玉茗堂評花間集》卷三，評顧夐〈醉公子〉「漠漠秋雲淡」云：

> 《醉公子》即公子醉也。其詞意四換，又稱〈四換頭〉，爾
> 後變風，見與題遠。〔註40〕

顧夐此闋乃描寫美人相思閨怨，年復一年的憔悴（全詞已見頁
228），與〈醉公子〉之詞調本意寫「公子醉」，可說是天差地別。湯
顯祖主張詞作應當詠詞牌本意，雖未有明確表示，但透過其評點韋莊
〈女冠子〉「四月十七」云：

> 直抒情緒，怨而不怒，《騷》、《雅》之遺也。但嫌與題義稍
> 遠，類今日之博士家言。〔註41〕

湯顯祖讚韋莊詞直抒胸臆，情感哀婉不致怨恨，繼承了《詩經》、《楚
辭》溫柔敦厚之本質，然「但嫌與題義稍遠」，是知湯顯祖注重詞意
與詞牌之關係，微責韋詞不合〈女冠子〉詞調之本意。又如評顧夐〈虞
美人〉「少年艷質勝瓊英」，云：

> 雜出別調，絕非本情。今人作有韻之文，全用散法，而收
> 以韻腳數語，爲本文張本，大都類事。〔註42〕

由「雜出別調，絕非本情」，可見湯顯祖著重詞牌與詞作之間的關聯
性。故評點顧夐〈醉公子〉云「爾後變風，見與題遠」。然以詞調本
意的角度評論，難見作品優劣評價，按〔明〕徐士俊《古今詞統》卷
一云：

〔註40〕〔後蜀〕趙崇祚編，〔明〕湯顯祖評點：《花間集》（臺北：國家圖
　　　書館藏，〔明〕烏程閔氏刊本），卷三，頁 23～24。
〔註41〕同前註，卷一，頁 28～29。
〔註42〕〔後蜀〕趙崇祚編，〔明〕湯顯祖評點：《花間集》（臺北：國家圖
　　　書館藏，〔明〕烏程閔氏刊本），卷三，頁 12。

〈還魂曲〉「恁今春關情似去年」用此也,「最撩人春色是
今年」則又翻此。〔註43〕

徐士俊所論源自湯顯祖崑曲《牡丹亭》第十齣「驚夢」〈繞池遊〉與
第十二齣「尋夢」〈懶畫眉〉,他認為湯顯祖此二曲,乃翻用顧夐〈醉
公子〉:「魂消似去年」,其曲如下:

〈繞池遊〉

(旦上) 夢回鶯囀,亂煞年光遍。人立小庭深院。(貼) 炷盡
沉煙,拋殘繡線,恁今春關情似去年?〔註44〕

〈懶畫眉〉

(旦) 最撩人春色是今年。少甚麼低就高來粉畫垣,元來春心
無處不飛懸。(絆介) 哎,睡荼□抓住裙釵線,恰便是花似人
心好處牽。這一灣流水呵!〔註45〕

「驚夢」,是《牡丹亭》整部劇最關鍵的一齣戲,而杜麗娘所歌
〈繞池遊〉,自然是一經典名曲。此曲乃描寫杜麗娘由夢中醒轉,深
陷情關,難以自拔的春心蕩漾。美人由夢中醒轉,佇立小庭院,心上
滿溢的,盡是夢裏的纏綿繾綣,也因這股甜蜜氛圍,使得美人心頭猶
如水面落花,浮盪不已,故接唱〈烏夜啼〉云:「剪不斷,理還亂,
悶無端。」〔註46〕嬌嗔、苦悶之語。而女子反常之舉,卻教貼身丫鬟
不明所以,為何「拋殘繡線,恁今春關情似去年?」,卻不知是其芳
心暗許,使得今年春色風光,更勝去年綺豔、明媚,夾添煩悶絲縷。
「驚夢」醒後,思情輾轉,欲「尋夢」而重回故地。第十二齣「尋夢」,
便是寫杜麗娘重遊故地,回憶夢境情事,故「撩人春色是今年」,為
這春色,欲挽回夢境纏綿,然夢境雖已重拾,卻物是人非,只得一身
悵然、淚懸。

〔註43〕 〔明〕卓人月、徐士俊編:《古今詞統》,卷三,頁83~84。
〔註44〕 〔明〕湯顯祖著,錢南揚校點:《湯顯祖戲曲集》(上海:上海古籍
出版社,2010年6月),頁267。
〔註45〕 同前註,頁277。
〔註46〕 〔明〕湯顯祖著,錢南揚校點:《湯顯祖戲曲集》,頁267。

徐士俊以爲湯顯祖〈繞地遊〉:「恁今春關情似去年」,乃是借顧敻〈醉公子〉:「魂消似去年」的章法布局,透過「今」、「昔」有別,展現出其情濃烈、深切,並更進一步擴展「情似去年」的意脈走向。翻用詞句,表現新意,將這一份勝似去年的情意,在第十二齣「尋夢」〈懶畫眉〉:「撩人春色是今年」,牽引出杜麗娘「尋夢」的念想,尋覓自己的深愛;不同於顧敻詞作,夢醒後,徒留一地寂寥、惆悵。

顧敻〈醉公子〉深得人心。如〔清〕陳廷焯《白雨齋詞話》云:

字字嗚咽。〔註47〕

又〔清〕李冰若《栩莊漫記》卷七云:

「衰柳」二句,語淡而味詠,韻遠而神傷。〔註48〕

可見顧敻〈醉公子〉「漠漠秋雲淡」之詞境,乃韻遠柔婉、思念至極之情態。此作雖爲閨怨之音,有著相同的等待、相同的憔悴,然而詞中卻無一絲埋怨,相反的,美人透過「夢裏流連」,反而更加堅定其守候相思之癡心,並將癡情化入詞句、滲入詞境,彷彿字字含情、字字癡心,其情語淡高雅,眞切動人,可謂「韻遠而神傷」。而俞陛雲《唐五代兩宋詞選釋》針對其詞境與詞句,亦有所評價:

此詞意境與〈楊柳枝〉相似。〈醉公子〉之「小山屏」一句,言室內孤寂之況;「衰柳蟬聲」言室外蕭瑟之音,乃言玉郎一去,相逢之難,其本意也。以詞句論,「紅藕」、「秋雲」之寫景,「倚枕」、「橫波」之含情,勝於〈楊柳枝〉調。其「衰柳」、「魂銷」二句,尤神似《金荃》。〔註49〕

俞陛雲認爲此作與顧敻〈楊柳枝〉「秋夜香閨思寂寥」之意境相同,且更勝一籌。俞氏以詞境論其閨中孤寂、室外蕭瑟之情,並一反湯顯祖評其「雜出別調,絕非本情」,認爲顧敻〈醉公子〉所描寫的玉郎

〔註47〕〔清〕陳廷焯:《白雨齋詞話》無此文,見錄於〔五代〕趙崇祚輯,李冰若注:《花間集評注》,卷七,頁173。

〔註48〕〔五代〕趙崇祚輯,李冰若注:《花間集評注》,卷七,頁169。

〔註49〕俞陛雲:《唐五代兩宋詞選釋》(臺北:文史哲出版社,1988年7月),頁76～77。

一去，相逢之難，乃「本意也」。再由詞句論及寫景、亦含情，借由詞境與詞句所堆疊的婉轉情致，以爲〈醉公子〉皆勝過〈楊柳枝〉所展現出的「暮雨瀟瀟，郎不歸」〔註50〕之淒涼景致，且末結「衰柳數聲蟬，魂消似去年。」之句，神似《金荃》。

　　顧敻作〈醉公子〉一調，有兩闋作品，另一闋「岸柳垂金線」，雖評點不多，亦爲佳篇。如〔清〕陳廷焯《白雨齋詞話》云：

　　　　較後主「奴爲出來難，教君恣意憐」稍遜一籌，而清致亦
　　　　復不泛。〔註51〕

陳氏以南唐李後主〈菩薩蠻〉「花明月暗籠輕霧」之作與之相比，顧敻〈醉公子〉「岸柳垂金線」略遜一籌，詞云：

　　　　岸柳垂金線。雨晴鶯百囀。家住綠楊邊。往來多少年。　　馬
　　　　嘶芳草遠。高樓簾半捲。斂袖翠蛾攢。相逢爾許難。（卷七，
　　　　頁 135）

　　單就有此比較，無疑也說明了陳廷焯對顧敻該作的賞識。李後主〈菩薩蠻〉語言淺白，動人情思，「恣意憐」三字，更是直截了當地將心中對美人憐愛，宛若瀑布般的傾洩而出，此番眞率情致，卻是顧敻難以比擬的。不同於這番率眞，顧敻〈醉公子〉之詞云：「馬嘶芳草遠，高樓簾半捲」的別後眷戀，透露出縱然有滿腔的不捨、留連，卻也只能「斂袖翠蛾攢」，自顧自憐地於半捲的簾後，偷偷地目送良人的遠去。顧敻〈醉公子〉「岸柳垂金線」所呈現出的含蓄委婉、不落窠臼的情致描繪，使其《詞則・閑情集》亦云：

　　　　麗而有則。〔註52〕

陳廷焯認爲該作典麗婉約，卻又有其規範、法度，不流於綺靡俗艷、浮泛虛華。據此，可見顧敻〈醉公子〉「岸柳垂金線」，雖略遜李後主〈菩薩蠻〉「花明月暗籠輕霧」一籌，然其「麗而有則」，乃是陳廷焯

〔註50〕〔清〕陳廷焯：《白雨齋詞話》無此文，見錄於〔五代〕趙崇祚輯，
　　　　李冰若注：《花間集評注》，卷七，頁 173。
〔註51〕同前註。
〔註52〕〔清〕陳廷焯：《詞則》（上海：上海古籍出版社，1984 年），頁 863。

對此作的欣賞之處。

又〔清〕許昂霄《詞綜偶評》：

> 覺少游「小樓連苑橫空」，無此神韻也。〔註53〕

許昂霄以此作與〔北宋〕秦少游〈水龍吟〉「小樓連苑橫空」比較，認爲秦少游之作，無顧詞之神韻。試觀秦少游之詞作：

> 小樓連苑橫空，下窺繡轂雕鞍驟。朱簾半捲，單衣初試，清明時候。破暖輕風，弄晴微雨，欲無還有。賣花聲過盡，斜陽院落，紅成陣、飛鴛甃。　玉佩丁東別後。悵佳期、參差難又。名韁利鎖，天還知道，和天也瘦。花下重門，柳邊深巷，不堪回首。念多情，但有當時皓月，向人依舊。〔註54〕

同寫樓上遠眺目送騎馬郎君，許昂宵認爲秦觀〈水龍吟〉「小樓」之起句，並無顧貞「馬嘶芳草遠，高樓簾半捲」的別情神韻。據曾慥《高齋詞話》載：

> 少游自會稽入都見東坡。東坡問作何詞，少游舉「小樓連苑橫空，下窺繡轂雕鞍驟。」東坡曰：「十三字只說得一個人騎馬樓前過。」〔註55〕

「十三個字只說得一個人騎馬樓前過。」然而，不得不爲之反駁，秦觀此闋之好，不在於起句，而是在於結句。秦觀重視刻畫別時時節乃清明時分，是「清風」、「微雨」，加諸「欲無還有」的清冷氛圍。而這一股清冷，再回看樓上女子的「單衣初試」，可想而知，其景尤冷，而郎君一別，更教人心寒。也許樓上別意，並非秦觀的重點描繪，然該詞「按景綴情」，別是一番韻味。但言樓上別情，不可不謂顧貞其情婉轉、不落窠臼，略高一籌，故鄭文焯云：「極古拙，極高淡，非

〔註33〕〔清〕許昂霄：《詞綜偶評》，見錄於唐圭璋編：《詞話叢編》，第2冊，頁1549。

〔註54〕〔宋〕秦觀：〈水龍吟〉，見錄於唐圭璋編：《全宋詞》，第1冊，頁455。

〔註55〕曾慥：《高齋詞話》，見錄於《御選歷代詩餘》（臺北：世界書局，1986年《景印摛藻堂四庫全書薈要》本），第497冊，頁796。

五代不能有此詞境。」〔註56〕

歷代關於顧敻之評騭資料，多集中於〈河傳〉、〈浣溪沙〉、〈訴衷情〉、〈醉公子〉等四闋佳作，故評價多是正面評價。然王國維評其地位，曾云：

顧敻詞在牛給事、毛司徒之間。〔註57〕

表明了顧敻詞作之地位於牛嶠與毛文錫之間，可見顧敻詞仍有其不足之處。如李冰若《栩莊漫記》評〈虞美人〉「翠屏閒掩垂珠箔」一闋，評及「露沾紅藕咽清香」之句，云：「以藕代花，殊嫌生硬。」〔註58〕、或評〈甘州子〉「紅樓深夜醉調笙」云：「『小屏古畫岸低平』，純是才儉湊韻之句。」〔註59〕等，其缺失評價，泰半爲李冰若針對顧敻詞句而言。其中，評〈虞美人〉「少年艷質勝瓊英」其云：

《花間》詞不盡舒寫詞調原意，顧敻此詞，乃寫女冠耳。若士以爲不合詞調義譏之，爲免拘執。惟顧詞實非佳製。如「醮壇風急杏花香」一語中，忽用一急字，便爲粗率是也。〔註60〕

指出顧敻〈虞美人〉「少年艷質勝瓊英」該作，其詞意乃描寫〈女冠子〉之詞調本意，然而詞牌本意與詞作不相通，倒也無傷大雅，只是李氏認爲顧敻此作，「實非佳製」。佳製與否，因才疏學淺，尚無法有更深入的評斷，然單就李氏所言「忽用一急字，便爲粗率是也」，筆者有不同的看法。

急風送香，所要表達的應是指其快而猛烈的速度，然而李氏以爲「忽用一急字，便爲粗率」，筆者以爲不然。讀詞不該是拆句分解，而是要全面觀之。顧敻以一「急」字，並非如李氏所言的「忽用」，

〔註56〕鄭文焯之句，見錄於〔五代〕趙崇祚輯，李冰若注：《花間集評注》，卷七，頁173。

〔註57〕王國維：《王國維先生全集·續編》（臺北：臺灣大通書局，1976年），第6冊，頁2322。

〔註58〕〔五代〕趙崇祚輯，李冰若注：《花間集評注》，卷六，頁157。

〔註59〕同前註，頁161。

〔註60〕同前註，頁159。

反而是刻意爲之。借由此一「急」字，勾勒出下句「此時恨不駕鸞鳳」，詞人所強調的，乃是「急風」之速，以急風的速度，展現美人急不可待的焦心。「風急杏花香」，可說是一個瞬間的過程。急風驟至、連帶花香，有此神速，除了急風，誰還有這等能耐？故詞人以一「急」字，喚出了美人既是羨慕又是埋怨的心思。欽羨風之速，但風不可載物，便轉向埋怨無鸞鳳之車能夠趕到心神嚮往之處、郎君身旁，故筆者以爲，「急」字並非是粗率之筆，他恰恰反映了美人急不可待的芳心。

又評〈遐方怨〉「簾影細」云：

> 鋪飾麗字，羌無情致。〔註61〕

按顧敻詞云：

> 簾影細，簟紋平。象紗籠玉指，縷金羅扇輕。嫩紅雙臉似花明。兩條眉黛遠山橫。　鳳簫歇，鏡塵生。遼塞音書絕，夢魂長暗驚。玉郎經歲負娉婷。教人爭不恨無情。（卷七，頁 129）

詞人上片使用猶如金燦鈴花般的一連串麗字，係爲了下片「玉郎經歲負娉婷」的憾恨。以麗字的堆疊，疊出美人的精致容顏。美人是如此亮麗、如此絕美，爲何郎君卻又辜負此心，肆意教流年辜負了玉顏？故詞人寫道「教人爭不恨無情」。情致滿紙，何以言「羌無情致」？

然而，雖有不認同之聲，但以「接受」的角度觀之，仍可視爲一種「接受」。無論讚賞與否，在在都顯示出評論者對於顧敻作品的關注程度。縱然評論者有其不同的觀點，但評論者會受到時代、環境等諸多外在影響，以及評論者自身的內在因素，如：學養、經驗、喜好愛惡、審美觀念等，外在與內在的交互影響之下，便有其不同的理念與見解，無關乎優劣之別，僅是視野、角度的不同。而關注已有，仍須反應，故本文下節將探究歷代對顧敻詞之創作接受，見其反應程度。

〔註61〕〔五代〕趙崇祚輯，李冰若注：《花間集評注》，卷七，頁 168。

第七章　顧夐詞之創作接受

「再創作」，亦爲接受的重要環節。透過編選、評論，可見作品受關注之程度，但借由「再創作」之形式可見反應程度。關注繼而響應作品，使之流傳不息，此過程可視爲深層次的接受現象，誠如姚斯所言：

> 只有後人仍然或再次響應它；只有讀者再次求助於過去作品與作者，或要摹仿、超過或否定過去作品或作者時，文學事件才能繼續發生作用。〔註1〕

當作品受到注視，不論贊同抑或否定，惟有不斷的進行模仿、借鑑等「再創作」之形式，亦可窺見對其作品之反應程度。王國維《人間詞話》云：

> 最工之文學，非徒善創，亦且善因。〔註2〕

認爲不論是創作或是沿襲他人作品，兩者兼備，方爲上乘。所謂「善因」，即是因襲或是效他人之作品。對於「再創作」之形式，甚爲多樣，有和韻（含次韻、用韻、依韻）、仿擬（含仿、擬、效、法、改、用）、集句（含整引、增揖、擷取、化用）等「再創作」形式。

〔註 1〕〔德〕H.R.姚斯、〔美〕R.C.霍拉勃著，周寧、金元浦譯：《接受美學與接受理論》（瀋陽：遼寧人民出版社，1987 年 9 月），頁 349。
〔註 2〕王國維著，施議對譯注：《人間詞話譯註》（臺北：貫雅出版社，1995 年 5 月），頁 447。

「和韻」之作，最為嚴謹。〔明〕徐師曾《詩體明辨》云：

> 和韻詩有三體。一曰依韻，為同在一韻中，而不必用其字
> 也；二曰次韻，為和其原韻，而先後次第皆因之也；三曰
> 用韻，謂用其韻，而先後不必次也。〔註3〕

雖以「詩」為討論對象，然而「詞」之格律押韻與詩有相承之處，用
之檢視詞之和韻，再適合不過了。徐師曾將和韻區分為三體，由嚴謹
至寬鬆依次為：次韻、用韻、依韻。次韻，即與原作之韻字、韻部、
順序等全然相同；用韻，即與原作之韻字、韻部相同但順序不同；依
韻，即與原作韻部相同，韻字與順序皆不相同。

「仿擬」之作，即仿效他人之作。以效法、借鑒前人之作品，仿
其內容、押韻、風格、命意等各層面，既提升自我創作能力，亦能推
動文學作品流傳於世。

「集句」之作，係指將作品借用前人之句，並重新排列出一新作
品。集句起源，據〔明〕徐師曾〈集句詩〉云：

> 集句詩者，雜集古句以成詩，自晉以來有之，至宋，王安
> 石尤長於此。〔註4〕

又〔宋〕蔡絛《金玉詩話》亦云：

> 集句自國初有之，未盛也。……至元豐間，王荊公益公於
> 此。〔註5〕

可見集句詩源自於晉代，並於〔宋〕王安石開啟集句之風氣，使之臻
於成熟，如〔南宋〕文天祥受困囹圄，集杜詩二百首，世所罕見。至
於明、清之集句作品，不僅成為一種習以為常的創作手段，更是一種
遊戲娛樂的新興體裁，如〔清〕朱彝尊《番錦集》，匯輯集句成篇，
蔚為大觀。

〔註3〕〔明〕徐師曾纂，沈芬、沈麒同箋：《詩體明辨》（臺北：廣文書局，
1972 年 4 月），下冊，卷十四，頁 1039。
〔註4〕〔明〕徐師曾纂，沈芬、沈麒同箋：《詩體明辨》，下冊，卷十四，頁
1536。
〔註5〕〔宋〕蔡絛：《金玉詩話》，（藍格舊鈔本，臺北：國家圖書館藏）

　　凡「集句」作品，大多數於詞題都會標示「集句」之相關字眼，如「集唐詞」、「戲集古詞」等，或是安排在詞句下方，註明出處，如所集之句的作者、字號等方式加以呈現。而爲了遷就句式、格律等創作體製，便會出現不同的形式，有：整引、增損、截取、化用等四種形式。「整引」，即引用成句。其字數、命意、語順等皆不變，偶有一、二字相異，亦屬之；「增損」，即成句增減一、二字。如七言增一字爲六言、減兩字爲五言，五言增一字成六言、增兩字爲七言等；「截取」，即成句截取三字以上，獨立成句。如七言截取三字，成三句式、截取四字，成四句式。五言截取三字者，亦屬之；「化用」，即取材前人文句片段，無論是不變文意者、衍伸文意者、反用文意者、另造文句者，皆屬之。〔註6〕

　　然而，「作詩固難，集句尤不易」〔註7〕。詞家所集之前人錦句，不但要顧及詞句彼此銜接是否通暢、詞意連貫是否合理，尤其是聲律、平仄等格式體例是否周全等，都是集句作品所要面臨的問題，否則，錯用一句，本來所塑造的詞情、詞意，便會坍崩瓦解、浮散離索，豈不白費心力？「集句」，凝聚了古今文人的智慧結晶，造就了別出心裁的藝術作品。而在這歷經千年的相遇，遠在五代十國顧夐的文采詞句，亦出現於後世文人的筆墨作品之中。故本章將透過「和韻」、「仿擬」、「集句」等再創作之形式，並依據《全宋詞》、《全金元詞》、《全明詞》（含補編）、《全清詞・順康卷》（含補編）、《全清詞・雍乾卷》、《清詞別集百三十四種》〔註8〕等書籍，進行蒐羅、歸納且統整，以

〔註6〕詳參王偉勇：《詞學專題研究》，（臺北：文史哲出版社，2003 年 4 月），頁 288～290、326。

〔註7〕「宋」陳起・《江湖小集》（臺灣：商務印書館，1986 年《文淵閣四庫全書》），第 1357 冊，卷九，頁 68。

〔註8〕唐圭璋編：《全宋詞》（北京：中華書局，1998 年 11 月）、唐圭璋編《全金元詞》（臺北：洪氏出版社，1980 年 11 月）、饒宗頤初纂、張璋總纂：《全明詞》（北京：中華書局，2004 年 1 月）、周明初、葉曄纂輯：《全明詞補編》（杭州：浙江大學出社，2007 年 1 月），南京大學中國語言文學系全清詞編纂研究室編：《全清詞・順康卷》

便探究顧夐詞於歷代創作接受之情形。

第一節 燕颺、曲檻、棹舉──〈河傳〉簡勁絕唱的流傳

顧夐詞五十五首，有〈醉公子〉，為當代一時艷稱；有〈河傳〉詞，於後世蔚為絕唱。顧夐〈河傳〉三闋，隨著時移境遷，逐漸受到歷代文人學士關注。

〈河傳〉之名始於隋代。〔宋〕王灼《碧雞漫志》引《說脞》云：

> 水調〈河傳〉，煬帝將幸江都時所製，聲韻悲切，帝喜之，樂工王令言其弟子曰：不返矣，水調〈河傳〉，但有去聲。
>
> 〔註9〕

而〔宋〕不著撰人《開河記》載：

> 煬帝宮中障壁有廣陵圖，帝視之，移時不能舉步。謂蕭后曰：『朕不愛此畫，為思舊遊處。』爰指圖中山水，及入村落寺院，歷歷皆在目前。昔年征陳主日遊此。及幸江都，作〈泛龍舟詞〉，歌龍女曲，創柳堤迷樓，設錦帆殿腳，此〈河傳〉乃後人所造勞歌也。〔註10〕

可見〈河傳〉此曲，應於隋代便有所發展。然而，唐宋時所填之〈河傳〉，已非昔日隋時舊調，據〔宋〕王灼《碧雞漫志》卷四載：

（北京：中華書局，2005 年 5 月）、張宏生主編《全清詞補編》（南京：南京大學出版社，2008 年 5 月）、南京大學中國語言文學系全清詞編纂研究室編：《全清詞・雍乾卷》（南京：南京大學出版社，2012 年 5 月）〔清〕陳乃乾編：《清詞別集百三十四種》（上海：開明書店，1973 年）。凡引上述文本，其出處逕附冊處、頁數於引文之後，不再贅注。

〔註 9〕〔宋〕王灼：《碧雞漫志》，見錄於唐圭璋編：《詞話叢編》，第 1 冊，頁 106。

〔註10〕〔宋〕不著撰人：《開河記》（上海：上海商務印書館，1929 年上海涵芬樓據〔明〕吳琯編《古今逸史》本），第 35 冊，卷四，頁 87。

〈河傳〉，唐詞存者二：其一屬南呂宮，凡前段平韻，後仄
韻。其一乃今〈怨王孫〉曲，屬無射宮。以此知煬帝所製
〈河傳〉，不傳已久。然歐陽永叔所集詞內〈河傳〉，附越
調，亦〈怨王孫〉曲。今傳〈河傳〉，乃仙呂調，皆令也。
〔註11〕

　　唐末五代韋莊所填〈河傳〉「錦里」一闋，收錄於《尊前集》、《全
唐詩・附詞》中，題名〈怨王孫〉。〈河傳〉曲名雖出現於隋代，但後
世所盛行之〈河傳〉，則始於《花間集》所收錄溫庭筠之「江畔」、「湖
上」、「同伴」等三闋作品。此調句法參差，逐次轉韻，單就顧夐之〈河
傳〉，其句式便有二、三、五、七等句式，錯雜繁用，體現出該調音
韻的格律美。

　　《花間》收錄顧夐〈河傳〉計有三闋，分別爲：「燕颺」、「曲檻」、
「棹舉」。三闋均爲雙調，然字句稍異。「燕颺」、「棹舉」二闋，均爲
五十四字；「曲檻」則爲五十三字，僅一字之差。以下分錄之。

　　首先，第一闋「燕颺」。此調爲雙調五十四字，計有十四句，句
式：「2244725；7353325」，三換韻；前段七句四仄韻，後段七句三仄
四平韻。其詞如下：

　　　燕颺，晴景。小窗屏暖，鴛鴦交頸。菱花掩卻翠鬟敧，慵
　　　整。海棠簾外影。　　繡帷香斷金鸂鶒。無消息。心事空
　　　相憶。倚東風。春正濃。愁紅。淚痕衣上重。（卷六，頁116）

此闋起句不用韻。第二、四、六、七句，押第十一部仄聲韻；第八、
九、十句，押第十七部平聲韻；第十一、十二、十三、十四句，押第
一部平聲韻。其韻字、韻部爲：

　　　景（十一梗）、頸（十一靜）、整（十一梗）、影（十一梗）、
　　　鶒（十七職）、息（十七職）・憶（十七職）、風（一東）、
　　　濃（一鐘）、紅（一東）、重（一鐘）

此調屬於「轉韻」，依次轉換三個韻部，借由音律之高低起伏，仄起

平收，展現出螢居美人的春愁無盡。

　　此闋又是一場無限等待的守候之情。郎君一行，無音信，這是顧夐的一貫手法，然而此闋又不同於其他夾帶著濃厚的恨情怨意，而是畫出了滿滿的一片「愁濃」情事。

　　詞人以景入情，借景之鮮明、亮麗，暗藏著美人的幽隱之情；而情一出，卻形相離。一句「鴛鴦交頸」，既描景、亦畫情，畫出了美人的欽羨感慨，亦牽動起美人形單影隻的螢居孤寂。相思寂寥、萬般無心，雖是「菱花掩」、「翠鬟敧」，但詞人以「慵整」二字，將美人的情態裊裊，顯露無遺。縱然無心理會、無心梳妝，可天生麗質的美麗，卻是如何也難掩其風韻。末句「海棠簾外影」，彷若顧左右而言他，棄置續畫美人顏，轉寫簾外好風光，實則卻是透過一「影」字的表現，將美人心意一覽無餘。這狀似無意卻有心的簾處一眼，卻是填滿了美人內心的相思等待；但簾上所映之影，並非是魂牽夢縈的良人之形，只是海棠花影。這其中的失落、悵然，不言而喻。上片詞人先是繪小窗外景，再畫進室內瀰漫的慵懶之情，而詞人仍進一步壓縮美人空間，將腳步移至繡帷帳內。詞人一層一層地描摹，彷彿撥開雲裏霧裏般，一步一步地遞見出美人的相思幾許。「無消息」、「空相憶」，這一「無」、一「空」，在在都充斥著美人受盡相思磨難的一筆，郎君一去，徒留過往甜蜜，卻是苦澀、空虛，相思難耐、更是無情。末結「東風」句，若說開首是一句寫景、一句寫人、一句寫情，將所有情感分的仔仔細細，那麼，「東風」四句便是將這些一字一句的情感，合而為一。詞人借一「倚」字，上承了美人的慵懶情致，而和煦東風、春意正濃，映現出一片柳綠花紅、春色蕩漾的明媚景致，而這景致，卻終有衰敗、零落的時候，美人韶華流年如是，故詞人以一「愁紅」的一語雙關，僅以二字，便觸動了美人心憂，韶華終逝，相思淚復流。

　　而不同於「燕颺」所描繪的美人脆弱的相思春愁；「曲檻」則以男子視角，表現出珍惜韶華之慨：

曲檻。春晚。碧流紋細，綠楊絲軟。露華鮮。杏枝繁。
鶯囀。野蕪平似剪。　　直是人間到天上。堪遊賞。醉
眼疑屏帳。對池塘。惜韶光。斷腸。爲花須盡狂。（卷六，
頁 116）

此調爲雙調五十三字，仄起平收，計有十五句，句式：「22443325；
7353325」；前段八句五仄二平韻，後段七句三仄四平韻。第一句押第
十四部仄聲韻、第二、四、七、八句，押第七部仄聲韻；第五、六句，
押第七部平聲韻；第九、十、十一句，押第二部仄聲韻；第十二、十
三、十四、十五句，押第二部平聲韻。其韻字、韻部爲：

　　檻（十四檻）、晚（七阮）、軟（七獮）、鮮（七仙）、繁
　　（七元）、囀（七獮）、剪（七獮）、上（二養）、賞（二
　　養）、帳（二漾）、塘（二唐）、光（二唐）、腸（二陽）、
　　狂（二陽）

相較於「燕颸」，詞人於「曲檻」描畫出更多的春光明媚，宛若一幅
絢彩斑斕、專屬自然盛會的「春日晚宴圖」。曲檻迴廊，碧水細浪，
柳綠繁花、豔紅如錦，鶯聲燕啼、妙耳輕盈，詞人無所不用極其的筆
墨了一連串的春日亮麗，然而光只有景還亇足以描摹這幅圖畫的完
美。詞人點綴起色彩，透過「紅花」、「白杏」、「綠野」、「黃鶯」的視
覺饗宴，塗染起一片春色絕美、更顯活潑春意，彷彿「人間到天上」！
其陶醉之情，躍然紙上。而末結「對池塘」四句，乃跌宕一筆、迸發
出狂放且強烈之語，盡現詞中人惜春、亦惜人之意。陳子龍曾經提筆：
「幾番煙霧，只有花難護」，但，縱使「難護」，更須爲之相護！故而
顧夐以一「斷腸」二字，訴說詞中主人的心思念語：以「爲花須盡狂」
的決絕，表露出爲這易逝韶光、紅顏韶華，不該任憑東風吹去，當珍
而重之、呵護備至。

　　末闋「棹舉」，則以〈河傳〉之字面直譯，描摹了一幅「江上行
舟圖」，透過茫茫江河傳遞出旅人心中惆悵幾許：

　　棹舉。舟去。波光渺渺，不知何處。岸花汀草共依依。雨
　　微。鷗鷺相逐飛。　　天涯離恨江聲咽。啼猿切。此意向

誰說。倚蘭橈。獨無憀。魂銷。小爐香欲焦。（卷六，頁 116
～117）

此調爲雙調五十四字，仄起平收，計有十四句，句式：「2244725；
7353325」；前段爲七句三仄三平韻，後段爲七句三仄四平韻。第一、
二、四句，押第四部仄聲韻；第五、六、七句，押第三部平聲韻；第
八、句，押第七部仄聲韻、第九、十句，押第十八部仄聲韻；第十一、
十二、十三、十四句，押第八部平聲韻。其韻字、韻部爲：

舉（四語）、去（四御）、處（四語）、依（三微）、微（三
微）、飛（三微）、咽（七霽）、切（八屑）、說（八薛）、橈
（八宵）、憀（八蕭）、銷（八宵）、焦（八宵）

上片由啓航至舟行江上，「一步緊一步，衝口而出」，並由「不知何
處」，簡潔四字，訴說旅人之思：浩浩湯湯、渺渺茫茫，獨自一人，
當往何方？別情四溢、滿心蒼涼。而「岸花汀草」等句，彷彿詞人
言盡於此，不再暢言旅人心思，嘎然而止，卻是以物現情，借「岸
花汀草」、「鷗鴣逐飛」，再添旅人獨悲。煙波渺渺，滄海萬頃，「岸
花汀草」成了旅人心中唯一的依託。然而，詞人不選擇斷雁孤鴻來
增添離人別緒，反借微雨濛濛，以一「相逐飛」的鷗鴣禽鳥作爲呈
現，此筆更加流露出旅人行舟的孤帆獨影：煙雨霏霏，尚有鷗鴣雙
對，彼此作陪，而他孤形單影，冷冷清清於茫茫江河之上，此情此
景，如何能不添些離愁、孤寂？而江岸之色已有，行舟之聲豈少？
下片詞人聲色俱備，以「江聲咽」、「啼猿切」，加深、加劇了旅人行
舟的蕭索、伶仃。滾滾江流、岸上猿聲，聲聲入耳，聲聲淒切，但
此番心情，又能向誰傾吐？與誰訴說？詞人以景喻情，借景描摹出
旅人身心所縈繞的離恨別緒，久久不能自已。而「倚蘭橈」句，則
上承「不知何處」，揭露了旅人茫然若失，映現出「離愁慘別魂」的
悵惘、愁緒，這一葉扁舟，滄海獨行，漫無邊際。末結「小爐香欲
焦」，更是借小爐燃香的飄渺默默，重回「棹舉。舟去」，啓程時的
黯然、寡歡，濃添一縷旅人獨步行舟的寂寥。

　　顧敻〈河傳〉三闋，借〈河傳〉一調傳遞出三種不同情致。以「燕颺」映現美人相思的春愁；以「曲檻」形容爲花斷腸的狂放；以「棹舉」描畫江上行舟的惆悵。〔明〕湯顯祖曾評：「凡屬〈河傳〉題，高華秀美，良不易得。此三調，眞絕唱也。」「絕唱」二字，不難想見湯顯祖對於顧敻詞作之喜愛；〔清〕陳廷卓亦讚其「好起筆」、「筆力精健」，可見顧敻〈河傳〉三闋評價之高。然而，時過境遷的變化，於五代「名勝一時」的佳篇，至宋以降「熱後驟冷」的掩卻，使得顧敻詞作漸漸隱匿，宛若埋沉於詞史洪流底下的砂石細礫，若非世人或多或少的仿擬、和韻等「再創作」之形式呈現，使之流傳千古，否則就算昔日的出土問世，也不過是從地底石泥再到幽隱書室，同樣不見天日，未免教人遺憾。是故，筆者蒐羅四方書冊，檢索顧敻〈河傳〉相關作品，得仿擬作品 1 家 1 闋，和韻詞作 2 家 3 闋，集句詞作 3 家 7 闋，雖數量不多，亦可爲顧敻詞作留下一見證。茲就仿擬作品與和韻之作表列如下：

表 16　仿擬與和韻顧敻〈河傳〉之詞作

出處	頁碼	作者	再創作	詞題	詞序	詞作
國朝詞綜卷二十三	頁209	汪世泰	仿擬之用體	用顧敻體	無	曾記。花底。試燈時節，嫩寒天氣。玉簫聲裏畫簾垂。停杯。春愁堆兩眉。　分明謎語尊前遞。伴不埋。教會千金意。那時情。最薔騰。而今。夢涼何處溫。
國朝詞綜補·卷三	頁22	亦元鼎	和韻之次韻	烏銅屏次顧敻韻	無	一片。冰景。絲絲照出，繡鴦交頸。畫工那解畫眞容。秀整。天然花下影。　於今沙草眠鸂鶒。繁華息。往事空相憶。楊柳風。煙露濃。落紅。翠屏山幾重。

出處	頁碼	作者	再創作	詞題	詞序	詞作
全清詞補編（一）	頁556	宗元鼎	和韻之次韻	殿腳女用顧敻韻	煬帝幸揚州，每龍舟用彩纜十條，每條殿腳女十人，嫩羊十口，相間而行	倚檻。初晚。嫩羊芳草，嬌癡同軟。野花鮮。鶯語繁。輕囀。麥波斜似剪。　誰肯人間換天上。供清賞。羅綺香亭障。映雷塘。杏靨光。柔腸。三千漫引狂。
清詞珍本叢刊（七）	頁958	羅文頡	和韻之次韻	第九體次顧敻韻	無	碧檻。花晚。玉奴簾外，游絲晴軟。暖紅鮮。綠陰偏。荷錢。沙鷗傍母眠。　曲徑莓苔翠如剪。鶯聲囀。柳岸香風淺。對方塘。挹波光。持觴。詩成醉欲狂。

　　凡是以顧敻〈河傳〉三闋，以仿擬、和韻、集句等創作形式呈現，都列入本研究。首先，爲「仿擬」，係指詞人於詞題之下，提及「仿」、「效」、「法」、「改」、「用」、「擬」等字，均屬於此類；透過模仿、借鑑前人的作品，不僅可提升自身涵養，亦可使得原作得以保存與流傳。〔清〕汪世泰〈河傳〉「曾記」，其詞題標明「用顧敻體」，即是屬於「仿擬」形式，其詞如下：

　　　　曾記。花底。試燈時節，嫩寒天氣。玉簫聲裏畫簾垂。停杯。春愁堆兩眉。　　分明謎語尊前遞。佯不理。教會千金意。那時情。最菩騰。而今夢涼何處溫。

此調爲雙調五十四字，計有十四句，句式：「2244725；7353325」；前段爲七句三仄三平韻，後段爲七句三仄四平韻。第一、二、四、句，押第三部仄聲韻；第五、六、七句，押第三部平聲韻；第八、九、十句，押第三部仄聲韻；第十一、十二句，押第十一部平聲韻；第十三、十四句，分別押第十三部與第六部平聲韻。其韻字、韻部爲：

記（三志）、底（三薺）、氣（三未）、垂（三支）、杯（三
灰）、眉（三脂）、遞（三霽）、理（三止）、意（三志）、情
（十一清）、騰（十一登）、今（十三侵）、溫（六魂）

透過上述分析，可見汪世泰〈河傳〉「曾記」所仿效作品，當為顧夐
〈河傳〉「棹舉」一闋，為求方便對比，按戈載《詞林正韻》之規範，
製表如下：

表 17　顧夐〈河傳〉「棹舉」與汪世泰〈河傳〉「曾記」之詞作分析

作者	首句	韻數	韻部		韻目	韻字	聲調	句式
顧夐	棹舉	13	上片三仄三平	四	語	舉、處	上	2244725
					御	去	去	
				三	微	依、微、飛	平	
			下片三仄四平	七	霰	咽	去	7353325
				八	屑	切	入	
					薛	說		
					宵	橈、銷、焦	平	
					蕭	憀		
汪世泰	曾記	13	上片三仄三平	三	志	記	去	2244725
					薺	底	上	
					氣	未	去	
					支	垂	平	
					灰	杯		
					脂	眉		
			下片三仄四平	三	霽	遞	去	7353325
					止	理	上	
					志	意	去	
				十一	清	情	平	
					登	騰		
				十三	侵	今		
				六	魂	溫		

從表中得見，汪世泰〈河傳〉「曾記」一闋，用顧夐「棹舉」調體。

詞作內容方面，詞人開首以一「曾記」，表明念昔日過往之情。家家張燈結綵，處處歌舞百戲，花燈焰火，錦繡交輝，「縟彩遙分地，繁光遠綴天」的元宵時節，是古時一大節慶，更是「大門不出，二門不邁」的深閨女子，得此機緣，尋覓意中郎君。好比陳三與五娘、宇文彥與影娘等琴瑟良緣，都是在這美好時節中，相知、相識、相惜。而浪漫又富詩意的元宵時節，免不了騷人墨客、文人雅士伺機傳達愛慕之情、相思之意；詞人汪世泰，便憶起這「試燈時節」，思念過往回憶。上片畫出了燈節情致，借由「嫩寒」句，映現出一幅春色清輕，美人歌吹、男子簾前聽曲之景。詞人以一「嫩」字，不僅描繪了元宵時節、正是春到人間，亦浮現出美人簾後、若隱若現的嬌豔，然而，春意無限、美人當前，簫曲卻使人「春愁堆兩眉」。這狀似突如其來的傷感，卻是其來有因，更道盡詞人滿懷心腹事。〔清〕丁紹儀《聽秋聲館詞話》云：

> 含暉樓者，太守（按：汪世泰）寓秦淮時館吳妓陳桂林處，並為易名月上，費纏頭無算，而月上意不屬，卒從他人去。〔註12〕

傳聞，汪世泰曾喜歡一名秦淮吳妓，可襄王有意，神女無情，縱使千金灑盡，搏君一笑仍只有應酬般的虛情假意。此情，如何能不教人悲愁積聚？此闋描寫的便是昔日的元宵情意。

詞人下片續寫往日回憶，憶起當年的元宵燈節，花團簇擁，你奉酒、我獻金，彷彿魚水和諧、鴛鴦成對、琴瑟和鳴，殊不知「卻原來、當局者迷」，故詞人笑諷自已「那時情，最蕾騰」，神智惛惛、半醉半醒，而巫山一夢終須醒，末結「而今、夢涼何處溫」，即是表明了一場春夢褪盡、徒留冰涼冷憶之慨歎。顧夐與汪世泰的詞作，內容雖看

〔註12〕〔清〕丁紹儀：《聽秋聲館詞話》，見錄於唐圭璋編：《詞話叢編》，第 3 冊，頁 2724。

似毫無關聯；顧敻詞以現在進行式，描畫了一人江上行舟的孤獨，汪世泰則以過去式，描摹了昔日元宵情意。然而，從汪世泰的詞作中，所傳遞出來的思念情緒，卻與顧敻「棹舉」的愁情、悵惘，有著異曲同工之妙。

　　和韻詞作部分，計有2家3闋；分別為〔清〕宗元鼎〈河傳 殿腳女，用顧敻韻〉、〈河傳 烏銅屏，次顧敻韻〉和〔清〕羅文頡〈河傳 第九體，次顧敻韻〉。

　　〔清〕宗元鼎的兩闋作品，其詞題分別為「烏銅屏次顧敻韻」與「殿腳女用顧敻韻」。依詞題可見，宗元鼎「殿腳女」與「烏銅屏」，兩闋係寫隋煬帝下揚州的物和事。第一闋為〈河傳〉「殿腳女，用顧敻韻」，其詞作云：

> 倚檻。初晚。嫩羊芳草，嬌癡同軟。野花鮮。鶯語繁。輕囀。麥波斜似剪。　　誰肯人間換天上。供清賞。羅綺香亭帳。映雷塘。杏靨光。柔腸。三千漫引狂。

「殿腳女」，係指縴挽龍舟的女子。相傳，隋煬帝在船隊行進的途中，偶有水路不暢，便突發奇想，下令「陸上行舟」，命三千貌美絕倫之女子，專門為其乘坐的龍舟，拉縴前行。據〔唐〕顏師古《隋遺錄》載「殿腳女」：

> 帝禦龍舟，蕭妃乘鳳舸，錦帆彩纜，窮極侈靡。舟前為舞臺，臺上垂蔽日簾，簾即蒲澤國所進，以負山蛟睫幼蓮根絲貫小珠間睫編成，雖曉日激射，而光不能透。每舟擇妙麗長白女子千人，執雕板縷金戢，號為殿腳女。〔註13〕

又《開河記》載：

> 龍舟既成，泛江汾淮而下。至大梁，又別加修飾，砌以七寶金玉之類。於吳越間取民間女年十五六歲者五百人，謂之「殿腳女」。至於龍舟禦楫，即每船用彩纜十條，每條用殿腳女十人，嫩羊十口，令殿腳女與羊相間而行，

〔註13〕〔唐〕顏師古：《隋遺錄》（臺北：藝文印書館，1967年《景印百部叢書集成》），頁2。

牽之。〔註14〕

《開河記》所述，即宗元鼎詞序云：「煬帝幸揚州，每龍舟用彩纜十條，每條殿腳女十人，嫩羊十口，相間而行。」一事。綜觀全詞，前段八句五仄二平韻，後段七句三仄四平韻。第一句押第十四部仄聲韻、第二、四、七、八句，押第七部仄聲韻；第五、六句，押第七部平聲韻；第九、十、十一句，押第二部仄聲韻；第十二、十三、十四、十五句，押第二部平聲韻。其韻字、韻部為：

> 檻（十四檻）、晚（七阮）、軟（七獮）、鮮（七仙）、繁（七元）、囀（七獮）、剪（七獮）、上（二養）、賞（二養）、帳（二漾）、塘（二唐）、光（二唐）、腸（二陽）、狂（二陽）

按前述分析可見，宗元鼎所用之韻，係為顧敻〈河傳〉「曲檻」一闋，屬於「次韻」。詞描寫「殿腳女」為隋煬帝拉縴龍舟時，空前盛況的場面。嫩羊、嬌軟、花鮮、鶯語等種種亮麗、鮮妍之景致，於上片炫目開展。下片「誰肯人間換天上」句，反意了顧敻〈河傳〉「曲檻」：「直是人間到天上」句，吐露出這一片美好風光，如何是天上所能比擬？龍舟過處，香聞百里，美景奪目，遊人陶醉，如此溫柔鄉居，又有誰肯願意人間到天上呢？詞人以七字，盡現昔日江都舳艫相繼，連接千里的聲勢浩大、隋煬帝昔年荒唐放縱的糜爛風光。此作通篇畫景，少有情致，然字句銜接通暢，景色鮮明悅目、明媚誘人。

而一國之君，浩浩蕩蕩行至江都，已有殿腳龍舟，豈可少閣樓居所？宗元鼎似乎有意寫齊了〈河傳〉該調之緣由：「創柳堤迷樓，設錦帆殿腳」，便以「烏銅屏」入詞，指向帝君下榻之處。其為〈河傳〉「烏銅屏，次顧敻韻」詞云：

> 一片。冰景。絲絲照出，繡鴛交頸。畫工那解畫真容。秀整。天然花下影。　　於今沙草眠鸂鶒。繁華息。往事空

〔註14〕〔宋〕不著撰人：《開河記》，第 35 冊，卷四，頁 119。

相憶。楊柳風。煙露濃。落紅。翠屏山幾重。

分析全詞，前段七句四仄韻，後段七句三仄四平韻。起句不用韻，第二、四、六、七句，押第十一部仄聲韻；第八、九、十句，押第十七部平聲韻；第十一、十二、十三、十四句，押第一部平聲韻。其韻字、韻部為：

　　景（十一梗）、頸（十一靜）、整（十一梗）、影（十一梗）、

　　鶒（十七職）、息（十七職）、憶（十七職）、風（一東）、

　　濃（一鐘）、紅（一東）、重（一鐘）

由此可知，宗元鼎此闋所用之韻，係為顧敻〈河傳〉「燕颺」一闋，亦是「次韻」。宗元鼎雖以「烏銅屏」落筆為詞，實則指向隋朝大業年，建築於江都的繁華美居——迷樓。大業年間，隋煬帝至江都，命人建一樓閣，名曰：「迷樓」。據《古今逸史》卷四所錄之《迷樓記》載：

> 役夫數萬，經歲而成。樓閣高下，軒窗掩映，幽房曲室，
> 玉欄朱楯，互相連屬，回環四合，曲屋自通。千門萬牖，
> 上下金碧；金虬伏於棟下，玉獸蹲於戶傍。壁砌生光，瑣
> 窗射日。工巧之極，自古無有也。費用金玉，帑庫為之一
> 虛。人誤入者，雖終日不能出。帝幸之，大喜，顧左右曰：
> 「使真仙遊其中，亦當自迷也。可目之曰『迷樓』。」詔以
> 五品官賜升，仍給內庫帛千疋賞之。〔註15〕

此樓閣浩蕩盛大、金碧輝煌，建築源由，全因隋煬帝殿前一句話：「宮殿雖壯麗、顯敞，苦無曲房小室、幽軒短檻。若得此，則無期老於其中也。」〔註16〕如此比照宮殿、更甚宮殿的建築藍圖，再經數萬役夫化虛為實，一處「軒窗掩映，幽房曲室，玉欄朱楯」的「養老」帝居，就這麼金燦燦佇立於江都地域。華樓美屋，四方珍異豈可少之？

〔註15〕〔宋〕不著撰人：《迷樓記》（上海：上海商務印書館，1929年上海
　　　　涵芬樓據〔明〕吳琯編《古今逸史》本），第35冊，卷4，頁94～
　　　　95。

〔註16〕同前註。

「烏銅屏」即是其中一物。「烏銅屏」雖取名爲「屏」，卻是取自於屏之形，實則是一面面光可鑑人的銅鏡，此鏡數十面，其用途正是替代懸於樓閣之中的仕女圖幅。據《迷樓記》載：

> 上官時自江外得替回，鑄烏銅屏數十面，其高五尺而闊三尺，磨以成鑒，爲屏，可環於寢所，詣闕投進。帝以屏內迷樓而禦女於其中，纖毫皆入於鑒中。帝大喜，曰：「繪畫得其像耳，此得人之眞容也，勝繪圖萬倍矣。」又以千金賜上官時。〔註17〕

煬帝耽迷美色、惱淫放縱之行徑，僅此「烏銅鏡」可見一斑。宗元鼎詞上片即描述這一烏銅屏鏡，以「照出」二字，直截了當地展示烏銅屏鏡的種種鏡射之像，而「畫工」句，則取自於隋煬帝戲謔之語。宗元鼎沿循顧敻技巧，先是繪景、後是描情的寫作手法，開首便以烏銅屏作爲落筆景語；下片則不再描述烏銅屏鏡，反而書寫迷樓最後付之一炬而繁華落盡。大業九年，隋煬帝再幸江都，復入迷樓，聽一迷樓宮人朗聲夜歌，歌云：

> 河南楊杌謝，河北李花榮。
>
> 楊花飛去落何處，李花結果自然成。〔註18〕

宗元鼎末結「楊柳風」四句，便是援用於此。「楊花飛去落何處，李花結果自然成。」楊花即指隋煬帝；李花便是唐太宗李世民了。而這一首黃口小兒朗朗上口的市井童謠，聽進隋煬帝耳裡、落入心底，當時聲聲「天啓之也」，彷彿對於將來已了然於心，但眾人面面相覷，不知帝君所謂何事？帝君一句：「休問！他日自知也。」遏阻悠悠眾口。而後，唐帝提兵號令入京，揭了隋朝大旗，見此一迷樓，命將其大火焚之，迷樓經月火不滅。〔註19〕宗詞以一「繁華息」，凝聚起下片繁華似錦，卻是過眼雲煙，刹那間、便滅絕消歇，而後承「往事空相憶」，亦習自顧敻〈河傳〉「燕颺」：「心事空相憶」；此筆，於顧敻

〔註17〕 同註15。
〔註18〕 〔宋〕不著撰人：《迷樓記》，第35冊，卷四，頁100。
〔註19〕 同前註，頁100～101。

詞作而言，可說是重點核心，借此顯露出美人「菱花掩卻翠鬟敧」的憔悴相思，然而宗元鼎改一字，成「往事空相憶」，卻是突兀一語，故筆者認為，若改一字，當改「相」字成「悲」字，因隋煬帝昔日聽到那首市井童謠後，索酒自歌，歌云：

> 宮木陰濃燕子飛，興衰自古漫成悲。他日迷樓更好景，宮中吐艷戀紅輝。〔註20〕

「往事空悲憶」，既契合煬帝索酒高歌，「興衰成悲」，亦可呼應宗元鼎末結「楊柳風」四句為市井童謠之來歷。當年一世，幾多興替，秦漢陵闕，迷樓華居，終成片片灰燼，教人不勝唏噓。

　　另有一闋和韻之作，為〔清〕羅文頡〈河傳〉「第九體，次顧敻韻」，其詞云：

> 碧檻。花晚。玉奴簾外，游絲晴軟。暖紅鮮。綠陰偏。荷錢。沙鷗傍母眠。　　曲徑莓苔翠如剪。鶯聲囀。柳岸香風淺。對方塘。挹波光。持觴。詩成醉欲狂。

前段八句五仄二平韻，後段七句三仄四平韻。第一句押第十四部仄聲韻、第二、四、七、八句，押第七部仄聲韻；第五、六句，押第七部平聲韻；第九、十、十一句，押第二部仄聲韻；第十二、十三、十四、十五句，押第二部平聲韻。其韻字、韻部為：

> 檻（十四檻）、晚（七阮）、軟（七獮）、鮮（七仙）、偏（七仙）、錢（七仙）、眠（七先）、剪（七獮）、囀（七獮）、淺（七獮）、塘（二唐）、光（二唐）、觴（二陽）、狂（二陽）

可知羅文頡此闋所用之韻，係為顧敻〈河傳〉「曲檻」一闋。然而詞題雖標明「次顧敻韻」，看似為和韻之中的「次韻」，但若與顧敻「曲檻」一闋對比（詳見表17、表18），可發現羅文頡用韻不如宗元鼎來得嚴謹。

　　羅詞第一、二、四、五、十二、十四句，所用韻字與顧詞相同，

〔註20〕同註18。

但第六、七、八、九、十、十一、十三句則不同,茲序列如次:

第六句——顧詞爲「繁」;羅詞爲「偏」

第七句——顧詞爲「囀」;羅詞爲「錢」

第八句——顧詞爲「剪」;羅詞爲「眠」

第九句——顧詞爲「上」:羅詞爲「剪」

第十句——顧詞爲「賞」;羅詞爲「囀」

第十一句——顧詞爲「帳」;羅詞爲「淺」

第十三句——顧詞爲「腸」;羅詞爲「觴」

詞意內容方面,與顧敻「曲檻」大致相同。詞起寫景色;上片不僅描摹了一片恬靜景致——風暖、花紅、蔭涼,尤其「荷錢」、「沙鷗傍母眠」等句,化用〔唐〕杜甫〈漫興〉:「點溪荷葉疊青錢。沙上鳧雛傍母眠。」將景色以一從容不迫的輕悠姿態,一步行一步地畫至岸邊池旁。下片詞人延續畫景,再借顧敻詞之「鶯囀」,以一鶯聲啼鳴,使詞中的一份恬靜,多了一絲生息與朝氣。而「對方塘」句,則借〔唐〕李白〈月下獨酌〉之意,將舉杯邀明月之舉,換作「持觴」對池塘、掬波光,末結「詩成醉欲狂」,則寫詞人當下心境。通篇寫景、寫情明確分立,尤其寫景篇幅佔全詞泰半,僅一句情語,置於全詞末尾,如此觀之,倒顯得羅詞之作有些「爲賦新詞」的味道了。

表18　顧敻〈河傳〉「燕颺」、「曲檻」、「棹舉」之詞作分析

作者	首句	韻數	韻部		韻目	韻字	聲調	句式
顧敻	燕颺	11	上片四仄	十一	梗	景、整、影	上	2244725
					靜	頸		
			下片三仄四平	十七	職	鶒、息、憶	入	7353325
				一	東	風、紅	平	
					鐘	濃、重		

作者	首句	韻數	韻部		韻目	韻字	聲調	句式
顧敻	曲檻	14	上片五仄二平	十四	檻	檻	上	22443325
				七	阮	晚	上	
					獮	軟、囀、剪		
					仙	鮮	平	
					元	繁		
			下片三仄四平	二	養	上、賞	上	7353325
					漾	帳	去	
					唐	塘、光	平	
					陽	腸、狂		
顧敻	棹舉	13	上片三仄三平	四	語	舉、處（御：去）	上	2244725
					御	去	去	
			三	微	依、微、飛	平	
			下片三仄四平	七	霰	咽	去	7353325
				八	屑	切	入	
					薛	說		
					宵	橈、銷、焦	平	
					蕭	憀		

表19　宗元鼎〈河傳〉「一片」、「倚檻」羅文頡〈河傳〉「碧檻」之詞作分析

詞牌	詞題	首句	韻數	韻部		韻目	韻字	聲調	句式
宗元鼎	銅次顧敻韻 烏屏	一片	11	上片四仄	十一	梗	景、整、影	上	2244725
						靜	頸		
				下片三仄四平	十七	職	鵜、息、憶	入	7353325
					一	東	風、紅	平	
						鐘	濃、重		

詞牌	詞題	首句	韻數	韻部		韻目	韻字	聲調	句式
宗元鼎	殿腳女用夐顧韻	倚檻	14	上片五仄二平	十四	檻	檻	上	22443325
					七	阮	晚	上	
						獼	軟、囀、剪		
						仙	鮮	平	
						元	繁	平	
				下片三仄四平	二	養	上、賞	上	7353325
						漾	帳	去	
						唐	塘、光	平	
						陽	腸、狂	平	
羅文頡	第九體次夐顧韻	碧檻	14	上片五平二仄	十四	檻	檻	上	22443325
					七	阮	晚		
						獼	軟	平	
						仙	鮮、偏、錢		
						先	眠		
				下片三仄四平	七	獼	剪、囀、淺	上	7353325
					二	唐	塘、光		
						陽	觴、狂	平	

　　宗元鼎兩闋和韻之作，分別標示「用顧夐韻」以及「次顧夐韻」，兩闋都是「次韻」。而羅文頡雖詞題為「次顧夐韻」，但實際為徐師曾歸類之「依韻」，非「次韻」，亦非「用韻」。內容方面，三闋作品明顯學習了顧夐以景色著筆。宗元鼎與羅文頡於詞作中，都鮮少筆墨出情感描寫，尤其是宗元鼎「殿腳女」一闋，通篇純景，單純描畫江都熱鬧非凡、明媚誘人之場面；而「烏銅屏」一闋，雖下片「繁華息」，將「往事空相憶」之情展出，但若與顧夐相比，此「情」，差強人意。顧夐詞中之「心事空相憶」可說是重點核心，它不僅帶出美人的思君情切，更與其他詞句，環環相扣，扣出美人的相思憔悴；反觀宗元鼎雖改一字，成「往事空相憶」，卻難與其他詞句有所共鳴，單就此一

句，與上片所形容之景色對比，再參照「殿腳女」一闋，兩首作品並立讀之，不免有些矯情立異。再觀羅文頡一闋，同樣是景致氾濫，顧夐以景表情，藉由「花」與「美人」的一語雙關，表達出「有花堪折直須折，莫待無花空折枝」的適時珍惜；而羅文頡一路寫景，末結「詩成醉欲狂」，僅一句表情，彷彿先前的種種鋪墊之景，皆是為了此情發出，但景是景、情是情，壁壘分明的表現手法，使得那些鋪墊之景，最後都成了多餘。而汪世泰的仿擬之作，雖與顧夐之作鮮少聯繫，一闋描寫「襄王有意，神女無情」的傷感，一闋描寫「一人江上行舟」的孤寂，然而，兩者詞中所流盪的悵然、愁緒，卻有著異曲同工之筆。

　　顧夐〈河傳〉除「仿擬」、「和韻」之外，亦有「集句」之作，計 4 家 9 闋，茲列表如下：

表 20　集顧夐〈河傳〉之詞作

顧夐〈河傳〉之原作	
其一	燕颺。晴景。小窗屏暖，鴛鴦交頸。菱花掩卻翠鬟敧。慵整。海棠簾外影。繡帷香斷金鸂鶒。無消息。心事空相憶。倚東風。春正濃。愁紅。淚痕衣上重。
其二	曲檻。春晚。碧流紋細，綠楊絲軟。露華鮮。杏枝繁。鶯囀。野蕪平似剪。直是人間到天上。堪遊賞。醉眼疑屏幛。對池塘。惜韶光。斷腸。為花須盡狂。
其三	棹舉。舟去。波光渺渺，不知何處。岸花汀草共依依。雨微。鷓鴣相逐飛。天涯離恨江聲咽。啼猿切。此意向誰說。倚蘭橈。獨無憀。魂銷。小爐香欲焦。

出處	頁碼	作者	詞　牌	詞題	詞　　作
全清詞（六）	頁3238	董元愷	〈定西番〉	春暮集唐詞	隱映書屏開處，鴛對語，蝶狂飛。惜韶光〔註21〕。羅袂從風輕舉，波影滿池塘。高捲水精簾額，趁斜陽。

〔註21〕按：誤作馮延巳。

出處	頁碼	作者	詞　牌	詞題	詞　　作
全清詞（六）	頁3277	董元愷	〈臨江仙〉	閨情	閒折海棠看更撚，前歡休更思量。小釵橫戴一枝芳。野蕪平似剪〔註22〕，鸞鏡掩休妝。　　畫堂昨夜西風過，銀蟾影掛瀟湘。欲憑危檻恨偏長。羅帷愁獨入，紅蠟淚飄香。
全清詞（十六）	頁9509	侯晰	〈滿庭芳〉	集句送春	燕子呢喃，梨花寂寞，玉爐殘麝猶濃。秋千影裏，低樹漸蔥蘢。下有遊人歸路，空目斷、嬌馬華驄。懨懨瘦，留春無計，背立怨東風。　　愁紅。吹鬢影，漫天飛絮，密密濛濛。傍池欄倚徧，幽恨千重。惆悵曉鶯殘月，眠未足，欲語還慵。鴛衾冷，也應相憶，昨夜夢魂中。
全清詞補編（三）	頁1528	徐旭旦	〈河傳〉	芳春	晴景。波影。交枝相映。碧樹冥蒙。柳絲千縷細搖風。愁紅。香靄晝偏濃。　　攜手共息芳菲節。二三月。祇怕芳菲歇。皓齒歌。泛紅螺。
全清詞補編（四）	頁2339	柴才	〈河傳〉	惜花	曲檻。柳長如線。垂雨濛濛。樹頭樹底覓殘紅。春風。出城東。　　傾香旋入花根土。淚如雨。長憶銜杯處。殘春更醉兩三場。連忙。承流泛羽觴。

〔註22〕按：誤作馮延巳。

出處	頁碼	作者	詞牌	詞題	詞　作
全清詞補編（四）	頁2341	柴才	〈訴衷情〉	送外兄錢秀才以成之閩南	棹舉。波起。留不住。錦帆風。風似箭。眉斂。恨重重。　　一旦各西東。愁紅。關河此夕中。思無窮。
全清詞補編（四）	頁2342	柴才	〈如夢令〉	秋閨	煙裏歌聲隱隱。月照碧梧桐影。深院鎖清秋，愁見繡屏孤枕。慵整。慵整。綠倒紅飄欲盡。
全清詞補編（四）	頁2345	柴才	〈秦樓月〉	春日送內兄何縣尉赤岷之滇	情難絕。鶯啼燕語芳菲節。芳菲節。綠楊絲軟，故人離別。　　琉璃珠子淚雙滴。幾時斷得城南陌。城南陌。去城迢遞，春山歷歷。
全清詞補編（四）	頁2347	柴才	〈江城梅花引〉	落花	隔煙花柳遠濛濛。笑春風。醉春風。一晌貪歡，惆悵錦機空。燕子不歸花著雨，春雨過，一雙飛，惹殘紅。　　愁紅。愁紅。小樓中。隔簾櫳。透簾櫳。落早，落早，留不住，此去，何從。閒倚北窗長歎，思無窮。他日未開今日謝，剩下了，草茫茫，碧叢叢。

　　上表可見，各詞人所集之詞句，多集中於〈河傳〉「曲檻」，計有四句，分別爲：「曲檻」、「綠楊絲軟」、「野燕平似剪」、「惜韶光」；其次是〈河傳〉「燕颺」，計有三句，分別爲：「晴景」、「慵整」、「愁紅」；第三是〈河傳〉「棹舉」，計有一句：「棹舉」。其中，又以〈河傳〉「燕颺」：「愁紅」句，於九闋當中，出現最多次，共計五次，分別爲侯晰〈滿庭芳〉、徐旭旦〈河傳〉、柴才〈訴衷情〉以及〈江城梅花引〉。

　　顧夐以「愁紅」二字的一語雙關，映現出美人心事愁濃：今朝百花爭妍，明日轉眼便是遍地殘紅；眼看韶華如駛，郎君未至，空冷歲月、蹉跎虛度，縱然年華未暮，心上卻早已成秋。侯晰〈滿庭芳〉因「留春無計」，而「愁紅」滿溢。面對光陰如駒、轉瞬即逝，卻無法應付、無計可施，只能眼睜睜地看著夏至復來，漫天飛絮無端；柴才〈江城梅花引〉則借一「愁紅」，描摹了景之感懷，惋惜早春落雨，落盡了滿園的含苞待放，可惜年月洗褪了粉黛朱顏的綺情。侯晰〈滿庭芳〉與柴才〈江城梅花引〉，皆以「愁紅」映現出與顧夐相同的美人情致，傳遞出對「愁紅」二字的悵然情緒。此外，有徐旭旦〈河傳〉、柴才〈訴衷情〉以「愁紅」呈現對「將來」之煩憂。徐旭旦借「愁紅」，愁明媚景致不再，雖此時「攜手共息芳菲節」，然彼時「芳菲歇」，又該如何適從？而同以這種對「未來事」感到心憂的「愁紅」，亦出現於柴才〈訴衷情〉，此作一集句了顧夐〈河傳〉之「棹舉」，並以「愁紅」之離愁濃烈，描寫忽奔東西的憾恨情愁。

　　集句作品，不僅要顧及平仄、聲律，其詞情、詞句亦須仔細。侯晰〈滿庭芳〉與柴才〈江城梅花引〉集顧夐〈河傳〉「燕颺」：「愁紅」之錦句，行使得當，其詞意雖略有變化，寫相思幾許、寫離愁心緒，均以「愁紅」，一展流年易逝的嘆息。除此之外，董元愷〈定西番〉：「惜韶光」描述珍惜眼前景、徐旭旦〈河傳〉：「晴景」形容景致秀麗、柴才〈如夢令〉：「慵整」描摹美人風情萬種……。可見各詞人所集之顧夐〈河傳〉「燕颺」、「曲檻」、「棹舉」之錦句的分寸拿捏，皆恰如其分、適得其所。

第二節　換我心、爲你心——〈訴衷情〉兩心置換之手法

　　顧夐〈訴衷情〉全詞以白描手法，直抒胸臆，讀來情眞意切。其詞如下：

永夜拋人何處去，絕來音。香閣掩。眉斂。月將沉。爭忍
不相尋。怨孤衾。換我心、爲你心。始知相憶深。

相思難免，相思難眠。顧敻以「兩心置換」，將飽嘗相思煎熬一
方的心，與另一人交換，讓薄情良人親身體會那深受相思苦楚所牽引
的心，去感同身受那種使人身心俱疲、心神不寧的心緒，進而希冀薄
情人懂得如何去對待、呵護且珍惜這一顆相思真心。

顧敻「兩心置換」，設身處地稟明心跡之筆，王國維讚語：「專
作情語而絕妙者」，並云：「此等詞，求之古今人詞中，曾不多見。」
足見顧敻〈訴衷情〉評價之高！本文檢索顧敻〈訴衷情〉之相關資料，
得化用與集句3家3闋。茲表列如下：

表21　化用顧敻〈訴衷情〉之詞作

出處	頁碼	作者	再創作	詞調	詞題	詞作
全宋詞	頁338	李之儀	化用	〈卜算子〉	無	我住長江頭，君住長江尾。日日思君不見君，共飲長江水。此水幾時休。此恨幾時了。只願君心似我心，定不負相思意！
國朝詞綜補·卷三	頁32	徐照	化用	〈阮郎歸〉	無	綠楊庭戶靜沉沉。楊花吹滿襟。晚來閑向水邊尋。驚飛雙浴禽。　分別後，忍登臨。暮寒天氣陰。妾心移得在君心。方知人恨深。
全明詞	頁620	張積潤	反意	〈訴衷情〉	反顧敻詞意	不索伊來單等信，也沉沉。重繡囊。枕上。曉霜侵。空寄白頭吟。悔而今。換你心，爲我心，始知薄倖深。

　　李之儀（1048～1117），字端叔，號姑溪居士，滄州人，著《姑溪居士文集》、《姑溪集》。李之儀便是化用顧敻〈訴衷情〉：「換我心、爲你心，始知相憶深」，塡了一闋〈卜算子〉「我住長江頭」：

　　　　我住長江頭，君住長江尾。日日思君不見君，共飲長江水。
　　　　此水幾時休。此恨幾時了。只願君心似我心，定不負相思
　　　　意！

詞人寄情於水，以水映現女子一片思心與堅決。首二句便顯現出兩人間的距離。於字面所見，兩人一人住長江頭，一人居長江尾，字面距離好似就這麼簡單，一頭一尾，能有多遠？然而長江發源青海，於江蘇出海，這泱泱大水，一出一進，卻是橫跨了千里之距。詞人以一「長江頭」、一「長江尾」，寫出了這似近實遠的視感錯覺，而造成這視感錯覺的不是別的，正是女子的那顆相思素心、那顆「日日思君不見君」的臨水情意。如天涯共明月般，縱使君面難見，但「共飲長江水」的瞬間，卻將這千里之遙，一下子拉近至咫尺對面，雖僅是啜飲長江水，卻猶如糖蜜、甘之如飴。「共飲長江水」，此短短五字，將女子的一片相思甜蜜，湧現無盡。然而「人離皆復會，君獨無返期」，思君無盡，相見無期，詞人下片描摹了女子相思守候的憔悴。這憔悴，是嗔怨，怨那浩浩湯湯的長江深水，橫際無涯，阻隔了兩人的聚首團圓；這憔悴，使得那日日思君的眷戀，成了漫漫終日不見君的悽怨。詞人以詰問之姿，加重語氣，彷彿將那女子往蒼穹的深深告喊，盼能傳遞予君，使君相知、知曉這一番相思濃情。此番相思，緊追末句「只願君心似我心，定不負相思意」，此語乃是女子的畢生夙願。詞人化用顧敻〈訴衷情〉：「換我心，爲你心，始知相憶深」之句，增塡一「願」字，直截地表白女子誠心的乞求，再以「定」字，體現出女子發自誠心、同時也深切地表明心跡：兩心轉移，定長伴左右、信守不渝。

　　李之儀化用顧敻作品，仍以「思」字，傳遞出女子相思無盡之情意，然而，世上癡情人，自是有癡有怨、有嗔有念。永嘉四靈之一的徐照（？～1211 字道暉，又字靈暉，號山民，永嘉人，著《芳蘭軒

集》），亦化用顧夐詞句，填了一闋〈阮郎歸〉，卻是以一「恨」字，露骨地傳達了閨怨女子形單影隻的不甘：

> 綠楊庭戶靜沉沉。楊花吹滿襟。晚來閒向水邊尋。驚飛雙浴禽。　　分別後，忍登臨。暮寒天氣陰。妾心移得在君心。方知人恨深。

詞起寫景，描摹出一片深沉悠遠的靜謐。靜謐的空氣裏，卻飄散著一股淡淡的尋覓，那尋覓是為了追尋昔日與君同遊的光景。詞人一以「驚」字，轉筆寫出了深閨女子心中隱隱的焦急，體現出曾經的濃情蜜意，如今卻與那湖中驚飛的雙禽一般，各自分離。下片，詞人以一「分別後」三字，將深閨女子何以幽怨，展露無遺；分別無盡期，而這守候欲相依，卻讓人不由得「登臨」望伊，盼能見到那朝思暮想的離人身影。然而高處本就不勝寒，詞人卻添了一筆「暮寒天氣陰」，借暮色登臨，將深閨女子的心頭惆悵、幽怨，更添一層孤寡、傷心，凸出離人的寡意、無情。守候相思、相會無期，此番等待，使得怨悔加劇，恨意迸裂出「妾心移得在君心，方知人恨深」的憤恨之語，詞人以一「移」字，將深閨女子的滿腔恨怨，盼與君知、使君能知她這一身的痛苦相思！

　　徐照化用顧夐之詞，同以「兩心置換」，卻置換出「恨意甚深」的單相苦思。然而，這「由愛生恨」的兩心置換，至明代更有詞人以「反意」填詞，將滿紙單相苦思化作深深怨悔，字字句句，淨訴離人無情、訴盡離人薄倖，其詞如下：

> 〈訴衷情〉反顧夐詞意
>
> 不索伊來單等信，也沉沉。重繡囊。枕上。曉霜侵。空寄白頭吟。悔而今。換你心，為我心，始知薄倖深。

此闋乃是明人張積潤（約 1630 前後在世，字次璧，上海人，著有傳奇《雙真記》）之作。詞意以「怨」始，以「怨」結。

　　張詞同樣以「沉信」，音信杳然下筆。首句「不索伊來單等信」，這「等」字有多長，詞人不先加以表態，直至下一句「也沉沉」，方

將這「等」字漫長，展露無遺，並借「也」字的反覆意味，將其「不索」二字，表現出女子果斷、決然的心意。音信杳然，何必等待？再等也是徒然，何必等！顯露出這「等」字，是場無窮無盡的磨難，但磨難還不只於此，詞人後添「重繡囊」等三句，牽起了昔日過往的綢繆繾綣、魂牽夢縈，可今非昔比，日日相思等待、夜夜獨宿孤眠，使得這日積月累所層聚起的幽怨、恨悔，更因「空寄白頭吟」而加重些許。「白頭吟」所指，即卓文君寫給司馬相如的決絕詩。根據劉歆《西京雜記》卷三所錄：

> 相如將聘茂陵女爲妾，卓文君作〈白頭吟〉以自絕，相如乃止。〔註23〕

卓文君爲四川臨邛巨商卓王孫之女，姿色嬌妍如芙蓉、膚如凝脂滑而膩，其才情卓絕，精通音律，善長琴樂。有日，司馬相如到卓王孫家裡赴宴，與卓文君相識、相知，便彈奏一曲〈鳳求凰〉，傾吐愛慕之意。卓文君聞之，當夜即與相如私奔逃至成都，並於成都開酒店爲生，但夫妻二人篳路藍縷、生計艱難，後得卓王孫資助，生活有所改善。其後，司馬相如獲得賞識，意氣風發之時，打算納茂陵女子爲妾。於是卓文君寫了一首決絕詩〈白頭吟〉表明心意，司馬相如讀後，大感慚愧，於是打消了納妾的念頭。詩云：

> 皚如山上雪，皎若雲間月。聞君有兩意，故來相決絕。
> 今日斗酒會，明旦溝水頭。躞蹀御溝上，溝水東西流。
> 淒淒復淒淒，嫁娶不須啼。願得一心人，白頭不相離。
> 竹竿何嫋嫋，魚尾何簁簁。男兒重意氣，何用錢刀爲。
>
> 〔註24〕

「願得一心人，白頭不相離」，這是女子的唯一祈願。只求一人，得一真心，長相廝守，至死不渝，然而，詞人卻以「空寄」二字，將這〈白頭吟〉的唯一祈願，徹底打碎，即使揚言與君決絕，終究喚不回

〔註23〕劉歆：《西京雜記》（臺北：臺灣商務印書館，1979 年 8 月），頁 13。
〔註24〕卓文君：〈白頭吟〉，見錄於〔清〕陸昶：《歷朝名媛詩詞》，（臺北：國立中央圖書館，1991 年），頁 22。

昔日的初見、過往的纏綿。「悔而今」三字，是女子深深的怨悔；此悔深怨，迸發了女子最最瘋狂的執念：「換你心，爲我心，始知薄倖深。」

　　顧敻〈訴衷情〉「永夜拋人何處去」，寫「拋」、寫「怨」、寫「思」、寫「念」，將深閨女子的滿腔相思煎熬，盡灑其中，不加以掩飾，層層遞見女子几近執狂的迷戀與對離人的篤念，縱然有怨、有恨，但最終仍是「換你心、爲我心，始知相憶深」，以思、以念作結。而宋人李之儀也透過這番相思眷戀，以一「只願君心似我心，定不負相思意」的誠心祈願，添綴起深閨女子心中那道毅然決然的誓言，更展現出深閨女子信守不渝的堅定決心；反觀徐照〈阮郎歸〉：「妾心移得在君心，方知人恨深」、張積潤〈訴衷情 反顧敻詞意〉：「換你心、爲我心，始知薄倖深」，雖「一思一怨，翻案正佳」，可這世上「多少痴兒女」，之所以怨、之所以悔，皆因思之切、愛濃烈啊！

第三節　魂銷似去年——〈醉公子〉相思情懷之延續

　　〈醉公子〉一調，爲唐教坊曲，又名〈四換頭〉。顧敻作〈醉公子〉有兩闋，一爲「漠漠秋雲淡」，〔清〕萬樹《詞律》便依此體作爲正體；二爲「岸柳垂金線」，茲羅列如下：

> 漠漠秋雲淡，紅藕香侵檻。枕倚小山屏，金鋪向晚扃。　　睡起橫波漫，獨望情何限。衰柳數聲蟬，魂銷似去年。（卷七，頁135）

此調係爲雙調四十字，計有八句，句式爲：「5555；5555」，凡二句一韻。上片第一、二句押第十四部仄聲韻、第二、四句押第十一部平聲韻；下片第五、六句押第七部仄聲韻；第七、八句押第七部平聲韻。其韻字、韻部如下：

> 淡（十四闞）、檻（十四檻）、屏（十一青）、扃（十一青）、漫（七諫）、限（七產）、蟬（七仙）、年（七先）

上片先是繪景，以景見情，從遠景拉到近景，由遠景廣佈於天的秋雲，呈顯秋天的「靜」，再以「靜」的無聲狀態，濃烈地繪出閨閣女子等待的「寂」。畫面拉至近景，隨風拂面的荷花芬芳，透過風的吹送，四處飄蕩，蕩入閨閣小苑、蕩入枕夢相會。此處詞人雖不道夢景，卻在下片以「睡起」等句，溢於言表。夢裏相守，使得女子的等待之情，更為堅定。詞人以「情何限」呈現閨閣女子對於歲月的消磨置之不理，反將此情無限綿延作為守候的癡心，並以「獨望」二字凸顯出這癡情未受時間所擊倒；結末「衰柳數聲蟬，魂銷似去年」則再一次強調女子的等待，是苦苦的守候，而這守候已非是日日天天那般簡單，而是月復一月、年復一年的思念愁懷；然而夢覺後，徒留一地寂寥惆悵，與相思人兒難以休止地等待。

「漠漠秋雲淡」所展現的，是相思人、相思情；「岸柳垂金線」則為相識時、別離緒：

> 岸柳垂金線。雨晴鶯百囀。家住綠楊邊。往來多少年。　馬嘶芳草遠。高樓簾半捲。斂袖翠蛾攢。相逢爾許難。（卷七，頁 135）

此調為雙調四十字，計有八句，句式為：「5555；5555」，凡二句一韻。上片第一、二句押第七部仄聲韻、第三、四句押第七部平聲韻；下片第五、六句押第七部仄聲韻；第七、八句押第七部仄聲韻。其韻字、韻部如下：

> 線（七線）、囀（七線）、邊（七先）、年（七先）、遠（七阮）、捲（七獮）、攢（七緩）、難（七翰）

兩闋〈醉公子〉用韻方式不同，「漠漠秋雲淡」屬於「轉韻」而此詞則屬於「同部平仄通協」。詞意內容方面，詞人先是以一片明媚艷景，作為引線，牽扯出雙雙「往來多少年」的春情滿天；「往來」句，則委婉且含蓄地道出有情男女日漸情深的點點滴滴。下片言女子別後之情。借「馬嘶遠」、「高樓」句，展現女子別後眷戀；而末結「相逢爾許難」，則呼應上句「斂袖翠蛾攢」，表現出這不單單僅是離情愁緒、

更是為日後相聚無期而憂心。顧夐〈醉公子〉雖為「一時豔稱」，於
當時頗負盛名，然而時過境遷，此曲宛若〈陽春白雪〉般，和之彌寡，
但有明末清初的文人王士祿崇尚「花草」之風，有一闋和韻之作。

　　王士祿（1626～1673），字子底，號西樵山人，山東濟南人。著
《十笏草堂詩選》、《上浮集》、《辛甲集》、《炊聞詞》等，並與弟王士
祜、王士禛，合稱「三王」。王士祿〈炊聞詞·自序〉云：

> 取《花間》、《尊前》、《草堂》諸體，稍規橅為之，日少即
> 一二，多或六七，漫然隨意，都無約限，既檢積稿，遂盈
> 百篇，因錄而存之。〔註25〕

可見，王士祿憑依《花間》、《尊前》、《草堂》諸體，承襲晚明「花草」
之風。其和韻之作豐富，所和詞人，以五代、兩宋為主，顧夐亦位列
其中，有〈醉公子〉次顧夐韻：

> 梳裹朝來淡。羞對移春檻。斜倚綠牙屏。梨花小院扃。　　獨
> 坐流光慢。遲日窺門限。蓬鬢亂雙蟬。心慵又一年。

此調係為雙調四十字，句式：「5555；5555」。凡二句一韻，上片第一、
二句押第十四部仄聲韻、第三、四句押第十一部平聲韻；下片第五、
六句押第七部仄聲韻；第七、八句押第七部平聲韻。其韻字、韻部如
下：

> 淡（十四闞）、檻（十四檻）、屏（十一青）、扃（十一青）、
> 慢（七諫）、限（七產）、蟬（七仙）、年（七先）

　　王士祿此闋所和之作，乃為顧夐〈醉公子〉「漠漠秋雲淡」一闋。
它不僅是首和韻之作，其詞意內容亦與顧夐相差無幾，同寫「相思守
候」。顧夐擅長情景交融的手法，如「枕倚小山屏」句，顧夐不單單
寫美人姿態，亦借「枕」之安睡，帶出下片「睡起橫波慢」的嬌懶情
致，同時亦藏了夢裡相守的團聚；而王士祿的詞作，開首寫美人梳妝、
寫美人移步、寫美人賞景，一字一句，按部就班地將美人晨起狀態，

〔註25〕〔清〕王士祿：〈炊聞詞·自序〉，見錄於〔清〕孫默：《十五家詞》
　　　　（臺灣：商務印書館，1986 年《文淵閣四庫全書》本），第 1494 冊，
　　　　卷十，頁 120。

仔細交代，而下片言情，嘆光陰漫漫、流年緩緩。王士祿著重於描寫美人對於時間消逝的觀感；自「獨坐流光慢」始，以「心慵又一年」作結，大篇幅強調美人度日如年的哀怨、意志頹靡的憔悴。然而，詞人大篇幅展示時間流緩，彷彿一匹錦繡單有一樣色彩，不免平淡、無味。尤其「蓬鬢亂雙蟬」一句，略顯涉俗。

第四節　教人魂夢逐楊花——〈虞美人〉現代應用與詮釋

　　現今流行歌曲，往往取材古典詩詞，或集句以成一曲者，如男歌手游鴻明於 2007 年所發行的音樂專輯「詩人的眼淚」〔註26〕中，所收錄的同名流行歌曲——〈詩人的眼淚〉，便採用集句方式，其詞云：

　　　　作詞：林利南　　作曲：游鴻明　　演唱：游鴻明
　　　　春色轉呀夜色轉呀玉郎不還家
　　　　眞教人心啊夢啊魂啊逐楊花
　　　　春花秋月小樓昨夜往事知多少
　　　　心裡面想啊飛啊輕啊細如髮
　　　　新愁年年有　惆悵還依舊　只是朱顏瘦
　　　　天空飄著雪　詩人的淚
　　　　兩者都太悲都太美
　　　　因爲愛情化作冰冷白雪結晶　破碎
　　　　天空飄著雪　詩人的淚
　　　　手提金縷鞋步香階
　　　　都是不被祝福還是願意背負　原罪
　　　　願意爲愛獨憔悴

　　這首〈詩人的眼淚〉作詞的林利南先生依次引用了顧敻〈虞美人〉「深閨春色勞思想」、李煜〈虞美人〉「春花秋月何時了」、馮延巳〈鵲踏枝〉「誰道閒情拋棄久」、李煜〈菩薩蠻〉「花明月暗籠輕霧」、

〔註26〕游鴻明：「詩人的眼淚」，（香港：2007 年新力博德曼唱片公司發行）。

柳永〈蝶戀花〉「獨佇高樓風細細」等詞作，茲分列如下：

歌詞第一段：「春色轉呀夜色轉呀玉郎不還家／眞教人心啊夢啊魂啊逐楊花」，是截取自〔五代〕顧敻〈虞美人〉：

> 深閨春色勞思想。恨共春蕪長。黃鸝嬌囀呢芳妍。杏枝如
> 化倚輕煙。鎖窗前。　　憑欄愁立雙蛾細。柳影斜搖砌。
> **玉郎還是不還家。教人魂夢逐楊花。繞天涯。**

這闋詞正好符合了該張專輯對於愛情之「執著無悔」的信念。林利南先生截取此闋精華，以「春色轉呀夜色轉呀」，傳遞出日復一日的時間觀念。詞人並未交代美人等待的時間有多長，僅以「還是」，展現出美人的等待相思已經歷時了不短的歲月，亦是這歲月使得美人「相思氾濫」，萌生出「魂夢逐楊花」的浪漫情懷。然而，美人所要追逐的並非楊花，而是祈禱著自己能如同楊花一般，隨風便能輕易地到達遠方，到達「玉郎」所在的「天涯」，也就是這一份對於愛情的執著等待，正是林利南先生欣賞之處。

歌詞第二段：「春花秋月小樓昨夜往事知多少／心裡面想啊飛啊輕啊細如髮／新愁年年有／惆悵還依舊／只是朱顏瘦」，則是分別截取自〔南唐〕李煜〈虞美人〉與馮延巳〈鵲踏枝〉：

> 〈虞美人〉李煜
> **春花秋月何時了，往事知多少。**小樓昨夜又東風，故國不
> 堪回首月明中。　　雕欄玉砌應猶在，只是朱顏改。問君
> 能有許多愁，恰似一江春水向東流。〔註27〕

> 〈鵲踏枝〉馮延巳
> 誰道閒情拋擲久？每到春來，**惆悵還依舊。**舊日花前常病
> 酒，敢辭鏡裏朱顏瘦。　　河畔青蕪堤上柳，爲問新愁，
> **何事年年有？**獨立小樓風滿袖，平林新月人歸後。〔註28〕

〔註27〕〔南唐〕李煜：〈虞美人〉，見錄於王次聰、夏瞿禪：《南唐二主詞校注》（臺北：世界書局股份有限公司，2010年5月），頁9。

〔註28〕〔南唐〕馮延巳：〈鵲踏枝〉，見錄於陸國斌，鍾振振主編：《歷代小令詞精華》，頁113。

　　既然上一段歌詞表現出對愛情執著無悔，那麼下一段歌詞便具體
凸顯出對愛情執著的原因。林利南先生借南唐李後主及其臣子馮延巳
之作品，並透過詞中所展現的意境、今昔對比的手法，表達出「心裡
面想啊飛啊」，過往心事於腦海中翻轉。如果說這段歌詞乃「流於表
面」，通過詞面上直接呈現意境；那麼下一段歌詞則表現出言外之音。

　　歌詞第三段：「天空飄著雪／詩人的淚／手提金縷鞋步香階／都
是不被祝福還是願意背負／原罪／願意為愛獨憔悴」，截取自〔南
唐〕李煜〈菩薩蠻〉與〔北宋〕柳永〈蝶戀花〉「獨佇高樓風細細」：

　　　　李煜〈菩薩蠻〉

　　　　花明月暗籠輕霧，今宵好向郎邊去。剗襪步香階，**手提金
　　　　縷鞋**。畫堂南畔見，一向偎人顫。奴為出來難，教君恣意
　　　　憐。〔註29〕

　　　　柳永〈鳳棲梧〉

　　　　佇倚高樓風細細。望極春愁，黯黯生天際。草色煙光殘照
　　　　裏，無言誰會憑闌意。　　擬把疏狂圖一醉。對酒當歌，
　　　　強樂還無味。衣帶漸寬終不悔，**為伊消得人憔悴**。〔註30〕

　　林利南先生先是通過南唐李後主的情事，與大小周后之間微妙的
三角關係，傳遞出此首流行曲的意境。李後主〈菩薩蠻〉此作，乃言
與小周后幽會之情形。此作本事廣為流傳，據史料記載，李後主與小
周后幽會時刻，卻是大周后抱恙之時。〔宋〕馬令《南唐書·女憲傳》
便記載了這一段三角關係。文中既表現了小周后的幸福、亦顯露出大
周后的心碎，以及認為違背倫常的群臣的諷刺。〔註31〕此作「狎昵」，

〔註29〕〔南唐〕李煜：〈虞美人〉，見錄於王次聰、夏瞿禪：《南唐二主詞校
　　　　注》，頁30。
〔註30〕〔北宋〕柳永：〈鳳棲梧〉，見錄於唐圭璋編：《全宋詞》，第1冊，
　　　　頁25。
〔註31〕〔宋〕馬令：《南唐書·女憲傳》：「後主繼室國後周氏，昭惠后女弟
　　　　也。警敏有才思，神彩端靜。昭惠感疾，后常出入臥內，而昭惠未
　　　　知之也。一日，因立於帳前，昭惠驚曰：「妹在此耶？」后幼，未識
　　　　嫌疑，即以實告曰：「既數日矣。」昭惠惡之，返臥不復顧。昭惠殂，
　　　　后未盛禮服，待字宮中。明年，鍾太后殂，後主喪服，故中宮位號

在於「剗襪步香階，手提金縷鞋」之句，其描摹生動，猶在眼前，惹人無限遐思。而林利南先生便抓住了此句精華，化作「金縷鞋步香階」，並接續「不被祝福還是願意背負／原罪」之歌詞，既形容了這一段本事，亦借此傳遞出整首流行曲的重心──〈詩人的眼淚〉，並於詞末化用了〔北宋〕柳永的詞句：「爲伊消得人憔悴」，填了一句：「願意爲愛獨憔悴」之歌詞，再一次強調對於愛情的執念。〈詩人的眼淚〉，不僅僅是詩人的「淚」，亦是戀情不受祝福而傷神的「淚」，更是對愛情執著無悔的「淚」。

中國文學三千餘年〔註32〕，根深柢厚、博大精深，錦囊佳句不下千萬。〈詩人的眼淚〉便集了距今千餘年的南唐後主李煜、南唐宰相馮延巳等夙負盛名的作品，而顧敻之作，也許是因爲與後主、馮延巳二人同爲五代十國時期的人物，因此受到了作詞者的注意，進而揀選了顧敻〈虞美人〉之作品入詞。雖然這是一首集四位詞人的流行曲，但透過作詞人的集句選擇，卻也足見「顧敻」，並未在源遠流長的詞史中湮沒，甚至脫穎而出，得到了今人的青睞。

流行歌曲的傳播、宣揚，能夠一點一滴地、滲入聽眾的心靈，使今人留意到古典文學的美麗，重拾起對古典文學的嚮往與熱情。雖然這首流行曲〈詩人的眼淚〉僅用了顧敻短短二句的作品，然而隨著流行曲的濡染，相信「顧敻」之名，也能被今時的人們所發掘、留心，或許在未來會有志同道合的人們，爲顧敻的作品予以譜曲、改編，進而傳唱且風行。

久而未正。聖開寶元年，始議立后爲國后。……后自昭惠殂，常在禁中。後主樂府詞，有「剗襪步香階，手提金縷鞋」之類，多傳於外。至納后，乃成禮而已。翌日，大宴群臣，韓熙載以下，皆作詩諷焉，而後主不之譴也。」（北京：中華書局，1985 年《叢書集成初編》本），第 1 冊，頁 43。

〔註32〕以《詩經》起算。

第八章　結　論

　　本文分為二個部分：一為顧夐詞之研究；二為顧夐詞之接受研究。經探析梳理，略有所得，茲分述如次：

第一節　顧夐詞之研究

　　顧夐，五代西蜀人，生卒字里皆不詳，歷經內庭小臣、茂州刺史，官至太尉，可知為生活於唐昭宗時，公元 890 年到 934 年之間。顧夐善小詞，詞作皆存於〔五代〕趙崇祚《花間集》中，且數量位居第三。

　　一、就風格特色言，顧夐五十五闋詞作，雖題材單一，多詠男女情事，然而隨著「詞體」漸趨興盛、成熟，其詞風亦有多元發展。周濟曾以三種妝容，來形容三位詞人之特質，而「花間鼻祖」溫庭筠與「西蜀之首」韋莊，亦並列其中。溫詞濃豔而婉約、韋詞清雅而疏淡，兩者風格迥異，卻各自獨領風騷，引領花間詞人開啓一段新的文學成就。而同為花間詞人的顧夐，其風格使介於兩家之間，不僅承襲了溫庭筠之婉約，亦沾馥韋莊之清疏，更乘載著民間自然率真之情調。顧夐便帶著這般「美人妝容」，將美人之「艷」、美人之「雅」、美人之「真」等三種風流韻味，現身於晚唐五代之詞壇當中。

　　「艷」者，如〈甘州子〉一調，顧夐寄調於此，透過描摹，譜

出一段段歌不盡的繾綣纏綿，唱不竭的愛戀情緣。又如〈應天長〉，將美人春心初動之情致，含蓄柔美之情態，妝容、體態，乃至眉眼流轉，皆描繪得淋漓盡致、栩栩如生。尤其「情暗許」三字，宛若靈光乍現，將美人心事全盤托出。

「雅」者，如〈臨江仙〉「碧染長空池似鏡」，其語淡韻遠，借「蟬吟人靜，殘日傍，小窗明」之句，以景結情，映現其相思惦念，渲染寂寥孤伶之情。又如〈浣溪沙〉「惆悵經年別謝娘」，將思念「情」傷，再疊一層月窗花院好風光之「景」傷，傷上加傷，將其惆悵別苦刻畫的如淒如訴。

「眞」者，如〈荷葉杯〉一調，九闋詞作。詞人以「憶佳節」始，以「乖期信」結，描畫出一相思女子情絲難斷之歷程，並於每詞的句末，以「知麼知」、「愁麼愁」、「狂麼狂」、「羞麼羞」、「歸麼歸」、「吟麼吟」、「憐麼憐」、「嬌麼嬌」、「來麼來」等反覆問語，將相思女子心中的企盼，再添一筆強烈決心。由此可見，顧夐詞其語艷而質樸，筆觸時復淡雅且清疏，自饒一境。

二、就藝術表現言，顧夐作品雖有清疏、淡雅之作，仍以「艷詞」爲大宗。所謂「艷詞」，並非是歐陽炯〈浣溪沙〉「相見休言有淚珠」那般的香艷、露骨之作，反而是透過麗字綺句的鋪排，一筆一畫勾勒出華美精緻的人物與景致，並賦予其耀眼奪目的色彩，塑造出美人的柔媚穠麗、軟弱嬌香之情態。如〈應天長〉「瑟瑟羅裙金線縷」，便由斑斕色彩的綾羅錦繡，圖染出一片綺麗情調；以「瑟瑟」、「金線縷」、「鵝黃」等繽紛奪目之色澤，將美人婀娜多姿之風華，映現的活色生香。又如〈遐方怨〉「簾影細」以「縷金羅扇」，烘托出美人柔白色系的「紗籠玉指」，兩相調和，隨宜點染了美人雍容華貴之氛圍。顧夐詞多用麗字如：玉、金、紅、香、翠等，借此營造出富麗堂皇之氛圍、點染出嫵媚明豔之畫面、映現出凝重晦暗之愁哀。此外，其鋪敘形容亦引人入勝，能以筆墨的「有限」，堆疊出情韻悠揚的「無限」。借「情與景一致」，締造出情景融合，如〈臨江仙〉「月色穿簾風入竹」，

將女子的傷心、思量融於景中，以「砌花含露兩三枝」，既寫爲情受累，亦道出「剪不斷、理還亂」的相思情感。或借「情與景不一致」，營造出物我衝突，如〈浣溪沙〉「春色迷人恨正賒」，以「人單」與「雙燕」的反襯效果，借「有情雙燕」牽引出美人「縈居獨守」的幽恨哀怨。或借「以景截情」，造就欲說還休的言外之音，如〈楊柳枝〉「秋夜香閨思寂寥」，起句以「思寂寥」嘎然作止，轉而描畫外邊迢遠處的漏刻聲等景致，展現其蕭條冷清之境，烘托出美人心上的悽楚苦意。顧敻透過「情」與「景」的交匯，造就詞中人物的相思眷念，亦寄託於「枕」、「窗」、「爐」、「簾」、「屏」、「帷（帳）」等閨閣器物的運用，如以「枕」寫其相會；以「窗」寫其惦念；以「爐」寫其悽涼、以「簾」、「屏」、「帷（帳）」寫其難以傾訴的憂悲。或描摹物象與情感時，以「小」、「細」、「微」、「輕」、「恨」、「負」、「狂」等細微化、激情化之字眼，映現出美人纖緻麗密之特質，亦表現出美人鮮明的心境描繪。

　　顧敻五十五闋詞作，就猶如生長忘川河畔的彼岸花。彼岸花的美麗，是生長在那雜亂無章，卻又廾然有序的荒蕪裏；跳脫出這片荒蕪，彼岸也只不過是朵花，卻非那一「見葉不見花，見花不見葉」的千年思量。顧敻的詞作，也瀰漫著長在荒蕪裏的彼岸花，闋闋都塡滿著跟筆墨一樣，素黑色的憂傷；塡滿著如血一般，艷紅色的凄涼。這片憂傷，點染了彼岸天涯的荒涼、這片凄涼，傾盡了風雨牽引的哀傷。顧敻五十五闋詞作，宛若那荒蕪之中的彼岸群花，朵朵紅花，呢喃著記掛，凝咽了悲傷。相思血淚渲染了花、深閨幽怨塡滿了畫、筆墨代言了思量、時間消融成了過往。是話、亦是花；是畫、仍是話。素黑色的浸清，崩壞了艷紅色的浮華，塡滿了空白色的想像。飛颺、墜落、華胥、本相，歌姬著魔般地，一遍唱過一遍、一曲譜過一曲，五十五闋的作品，好似一段又一段的輪迴無度，永難休止。時至今日，失落了顧敻昔日的平生過往，也許這一掩藏，恰好應了詞作中的單一想像，只是兒女情長，再無其他。顧敻以素黑色的筆墨，描畫出艷紅色

的點點瀟湘，將其相思百念的纏綿繾綣，終教獨守空閨，愁坐了芳菲紅顏；風雨霏霏，惹成了殘花片片。顧夐以「艷」帶出了閨閣裏的「悲」，以明媚風光、富麗陳設，烘托出閨閣裏的淚語憔悴，低吟出弭節徘徊、流連往復的愁苦哀怨；以筆墨丹青，綻放出艷紅色的嬌滴花顏，亦枯萎了艷紅色的芳菲華年，他為美人描摹著思念，將其日日加深、夜夜加疊的相思眷戀，為美人傳聲、為美人代言。「男子作閨音」，卻是顧夐替女子發出最深沉而幽遠的心曲百念。

第二節　顧夐詞之接受研究

　　顧夐五十五首詞作，每一首都凝聚了詞人的心力，每一首都傾注了詞人的感情，而在這歷經千年的相遇，使得讀者與作者之間，超越了時代的藩籬，並賦予其新生命。顧夐詞作不再如同闃寂無聲的古玩文物，而是猶如一部交響樂曲，在一次又一次的演奏當中，既譜出了悠揚的音律，亦迴盪於聆賞者的心靈，使之得到一次又一次的熱烈反響與回應。顧夐詞作之文學價值，可從歷代接受反應足以觀之。

一、顧夐詞之傳播接受

　　宋代選本不如明、清二代來的明確，僅南宋黃昇《唐宋諸賢絕妙詞選》收錄顧夐詞四闋，可謂知音寥寥。至於明代，有楊慎《萬林詞選》、《百琲明珠》收錄顧夐作品 7 闋作品，數量雖然不多，已開風氣。而伴隨著「花草」之風的盛行，使得顧夐作品，亦受到世人的注意與青睞。如董逢元《唐詞紀》的「愛其所好」，收錄顧夐作品五十五闋，是顧夐存世作品的總數。

　　時至清代，對「存詞備體」的重視，建立起較具全面且系統性、完整性的詞譜體式，使得顧夐作品得以保留。如萬樹《詞律》，收錄顧夐作品有 19 闋，計有 11 調，而其中所收錄的〈酒泉子〉一調，七闋作品，其聲韻變換、句格錯落之體式，乃自明清以來，首次為人所關注。

二、顧敻詞之批評接受

　　歷代評騭資料，大多集中於〈河傳〉、〈浣溪沙〉、〈訴衷情〉、〈醉公子〉等四闋，藉由諸家之說，可見其風格特色、詞學成就。

　　就風格特色言，顧敻詞雖有清疏、淡雅之作，但仍以「艷詞」為大宗。如〔清〕況周頤總評顧敻詞作，云：「顧敻詞，《全唐詩》五十五首，皆艷詞也。濃淡疏密，一歸於艷。」又〔清〕李冰若總評云：「顧敻濃麗，實近溫尉。」、俞陛雲評〈醉公子〉評其該作風格，乃「神似金荃」等，歷代對於顧敻詞作之批評接受，可知對顧敻詞風之評價，乃隸屬溫庭筠一派，然其詞風多元，亦不可忽視。

　　就詞學成就言，可概分為：一、為柳七一派之濫觴。〔清〕王士禎評〈訴衷情〉「永夜拋人何處去」謂：「為柳七一派之濫觴」。這闋作品以白描手法，直抒胸臆，透過美人有嘲有怨、放刁放嬌的生動形象，傳遞出其自然、率真之性情，故王士禎認為柳七一派承顧敻描摹情語的創作手法，乃開此派之先聲。二、開元曲之張本。陳廷焯視〈訴衷情〉「永夜拋人何處去」為元人小曲之源流，認為元人小曲，乃「脫胎於此」。顧敻〈訴衷情〉：「換我心、為你心，始知相憶深。」大膽、直率的深情告白，與元人小曲同一機杼。而以這般自然之句，寫入骨之情，尚有〈荷葉杯〉一調。顧敻〈荷葉杯〉九闋是聯章詞。其內容乃描摹一相思女子情絲難斷之歷程，每闋句末，以「知麼知」、「愁麼愁」、「狂麼狂」、「羞麼羞」、「歸麼歸」、「吟麼吟」、「憐麼憐」、「嬌麼嬌」、「來麼來」等句，重疊復問。而元曲〈一半兒〉，曲詞「一半兒」三字的重複出現，正與顧敻〈荷葉杯〉句末重疊復問相吻合，故李冰若將〈荷葉杯〉九闋，視為「後代曲中〈一半兒〉之張本」。

三、顧敻詞之創作接受

　　歷代作家對於顧敻詞作的創作接受，大抵可分「和韻」、「仿擬」、「集句」等三種形式。而以「集句」作品最夥。

　　透過集句的呈現，不但可一窺歷代詞人對顧敻作品的喜愛程

度，亦可見其創作思想。如〔宋〕李之儀〈卜算子〉「我住長江頭」，化用顧夐作品〈訴衷情〉：「換我心、爲你心，始知相憶深」，增填一「願」一「定」，傳遞出女子發自內心的乞求。李之儀化用顧夐作品，將其「思」，烘染個相思無盡，然而，世上癡情人，有思有怨；既然有無盡相「思」，自然少不了無盡深「怨」。〔明〕張積潤〈訴衷情〉「不索伊來單等信」，便是反顧夐意，進而迸出：「換你心、爲我心，始知薄倖深」的幽恨、怨嗔。

　　自宋迄清，顧夐作品於歷代之創作接受，雖數量不多，但從中亦可見顧夐之經典名作，以〈河傳〉、〈訴衷情〉居冠，尤以〈訴衷情〉的兩心置換，牽引出後人「有嗔有怨」，爲女子抱不平之描寫。

　　〔法〕法朗士曾說：「書是什麼？主要是由一連串小的印成的記號而已，它是要讀者添補形成色彩和情感，才好使那些記號相應地活躍起來。」而顧夐詞作，就如同法朗士所形容的「書」那般，係由一連串的「文字記號」，益以文人的氣質涵養，流盪出瑰麗絕美的詞藻文繪，傾洩出詞人的心緒百念。然而，隨著時過境遷、政改移風，使得「名噪一時」的顧夐詞作，險些教歲月的流沙，無情的抹去了痕跡。幸得知音讀者，一代又一代，將其千變萬化的領會、感受，注入顧夐詞作當中，得以延續，乃至於煥然一新。透過歷代讀者的這一塊七彩調色盤，利用其各種不同的時代風氣、個人學養、詞學理論、審美好惡等各具理念、特色與風格的色塊、塗料，主打選家的輯錄編纂、評論家的評騭見解、作家的再創作等如同作畫形式般，營造出色彩斑斕、絢爛奪目的「文字」扉頁，並賦予其生命力，使之活躍，生生不息，不斷地再現、重生、幻化出新意，將隸屬於顧夐作品的詞之藝術生命，再度浮現於詞史的舞臺，展現出多層次的神韻與風采，使其作品越發深刻且飽滿。

參考文獻

此書目分「詞參考書目」與「接受史參考書目」兩類。而序列原則有二:一爲凡同類目,先按重要性排列前後,再依時間先後序列;二爲凡同類爲同一作者,爲便於檢索,將匯聚一處,並依時間先後序列。

壹、詞研究部分

一、史料年譜

1. 〔後蜀〕趙崇祚輯:《花間集》,臺北:鼎文書局,1974 年〔宋〕紹興本《花間集》。

2. 〔後蜀〕趙崇祚輯,〔明〕湯顯祖評:《花間集》(〔明〕烏程閔氏刊本),臺北:國家圖書館藏。

3. 〔五代〕顧敻撰:《袁氏傳》,臺北:藝文印書館,1966 年《百部叢書集成》影印〔清〕鮑廷博《知不足齋叢書》本。

4. 〔五代〕何光遠:《鑒誡錄》,臺北:藝文印書館,1966 年《百部叢書集成》影印〔清〕鮑廷博《知不足齋叢書》本。

5. 〔五代〕孫光憲:《北夢瑣言》,北京:中華書局,1985 年《叢書集成初編》本。

6. 〔後晉〕劉昫撰:《舊唐書》,北京:中華書局,1997 年。

7. 〔宋〕歐陽修、宋祁等撰:《新唐書》,北京:中華書局,1997 年。

8. 〔宋〕馬令:《南唐書》,北京:中華書局,1985 年《叢書集成初編》本。

9. 〔宋〕李昉：《太平廣記》，臺北：臺灣商務印書館，1983 年 6 月《景印文淵閣四庫全書》本。

10. 〔元〕辛文房撰，傅璇琮主編：《唐才子傳校箋》，北京：中華書局，1990 年。

11. 夏承燾：《唐宋詞人年譜》，台北：明倫出版社，1970 年 12 月。

12. 傅璇琮、張忱石、許逸民：《唐五代人物傳記資料綜合索引》，臺北：中華書局，1992 年 7 月，再版。

13. 周勛初：《唐人軼事彙編》，上海：上海古籍出版社，1995 年。

14. 〔清〕黃本驥：《歷代職官表》，臺北：宏業書局，1994 年。

二、詩文詞集

（一）總集

1. 楊家駱主編：《清詞別集百三十四種》，臺北：鼎文書局，1976 年 8 月，初版。

2. 唐圭璋編：《全宋詞》，臺北：中華書局，1998 年 11 月。

3. 唐圭璋編：《全金元詞》，臺北：洪氏出版社，1980 年 11 月，初版。

4. 饒宗頤、張璋主編：《全明詞》，北京：中華書局，2004 年 1 月，初版。

5. 周明初、葉曄主編：《全明詞補編》，杭州：浙江大學出版社，2007 年 1 月，初版。

6. 南京大學中國語言文學系《全清詞》編纂研究室：《全清詞·順康卷》，北京：中華書局，2002 年 5 月，初版。

7. 張宏生主編：《全清詞·順康卷補編》，南京：南京大學出版社，2008 年 5 月，初版。

8. 南京大學中國語言文學系全清詞編纂研究室編：《全清詞·雍乾卷》，南京：南京大學出版社，2012 年 5 月，初版。

9. 陳乃乾輯：《清名家詞》，上海：上海書店，1982 年 12 月，初版。

10. 金啓華等編：《唐宋詞集序跋匯編》，臺北：臺灣商務印書館，1993 年 2 月，初版。

11. 國家清史編纂委員會：《清代詩文集彙編》，上海：上海古籍出版社，2010 年 12 月，初版。

（二）選集

1. 〔宋〕洪邁：《萬首唐人絕句》，臺北：臺灣商務印書館，1983 年《景印文淵閣四庫全書》本。

2. 〔宋〕書坊原編，何士信增修：《增修箋注妙選群英草堂詩餘》，收入唐圭璋等校點：《唐宋人選唐宋詞》，上海：上海古籍出版社，2004年10月。

3. 〔宋〕黃昇輯：《花庵詞選・唐宋詞諸賢絕妙詞選》，收入唐圭璋等校點：《唐宋人選唐宋詞》，上海：上海古籍出版社，2004年10月。

4. 〔明〕顧從敬輯：《類選箋釋草堂詩餘》，上海：上海古籍出版社，2002年3月《續修四庫全書》本。

5. 〔明〕錢允治、陳仁錫箋釋：《類選箋釋續草堂詩餘》，上海：上海古籍出版社，2002年3月《續修四庫全書》本。

6. 〔明〕佚名：《天機餘錦》，1931年國立中央研究院歷史語言研究所排印本。

7. 〔明〕楊慎：《萬林詞選》，成都：天地出版社，2002年《楊升庵叢書》本。

8. 〔明〕楊慎：《百琲明珠》，成都：天地出版社，2002年《楊升庵叢書》本。

9. 〔明〕陳耀文：《花草粹編》，臺北，臺灣商務印書館，1983年6月《景印文淵閣四庫全書》本。

10. 〔明〕董逢元：《唐紀事》，臺南：莊嚴文化出版公司，1997年6月《四庫全書存目叢書》本。

11. 〔明〕卓人月、徐士俊輯：《古今詞統》，上海：上海古籍出版社，2002年3月《續修四庫全書》本。

12. 〔明〕茅暎：《詞的》，北京：北京出版社，2000年1月《四書未收書輯刊》本。

13. 〔清〕朱彝尊、汪森編：《詞綜》，上海：上海古籍出版社，2008年3月。

14. 〔清〕沈辰垣、王奕清等：《御選歷代詩餘》，臺北：臺灣商務印書館，1983年《景印文淵閣四庫全書》本。

15. 〔清〕沈時棟輯：《古今詞選》，臺北：東方書局，1956年5月。

16. 〔清〕夏秉衡輯：《清綺軒詞選》（道光間刊本），臺北：國家圖書館藏。

17. 〔清〕許寶善輯：《自怡軒詞選》（清嘉慶元年許氏刊本），臺北：國家圖書館藏。

18. 〔清〕黃蘇輯：《蓼園詞選》，收入尹志騰校點：《清人選評詞集三種》，濟南：齊魯書社，1988年9月。

19. 〔清〕張惠言輯：《詞選》，臺北：廣文書局，1979年6月。

20. 〔清〕張琦:《詞選‧續詞選》,臺北:廣文書局,1979 年 6 月。

21. 〔清〕董毅輯:《續詞選》,上海:上海古籍出版社,2002 年 3 月《續修四庫全書》本。

22. 〔清〕周濟輯:《詞辨》,上海:上海古籍出版社,2002 年 3 月《續修四庫全書》本。

23. 〔清〕陳廷焯輯:《詞則》,上海:上海古籍出版社,1984 年 5 月。

24. 〔清〕王闓運輯:《湘綺樓詞選》(1917 年王氏湘綺樓刊本),臺北:國家圖書館藏。

25. 〔清〕成肇麐輯:《唐五代詞選》,臺北:臺灣商務印書館,2006 年 5 月。

26. 〔清〕梁令嫻輯:《藝蘅館詞選》,臺北:中華書局,1970 年 10 月。

27. 〔清〕陸昶:《歷朝名媛詩詞》,臺北:國立中央圖書館,1991 年。

28. 〔清〕孫默:《十五家詞》,臺灣:商務印書館,1986 年《景印文淵閣四庫全書》本。

29. 林大椿輯:《唐五代詞十五卷》,收入楊家駱主編:《全唐五代詞彙編》,臺北:世界書局,1971 年。

30. 張璋、黃畬編:《全唐五代詞》,臺北:文史哲出版社,1986 年。

31. 俞陛雲:《唐五代兩宋詞選釋》,臺北:文史哲出版社,1988 年 7 月。

32. 孔範今:《全唐五代詞釋注》,西安:陝西人民出版社,1998 年。

33. 曾昭岷、曹濟平、王兆鵬、劉尊名編:《全唐五代詞》,北京:中華書局,1999 年,初版。

34. 王新霞:《花間詞派選集》,北京:北京師範學院出版社,1993 年 。

35. 于翠玲:《花間集‧尊前集》,北京:華夏出版社,1998 年。

36. 唐圭璋、鍾振振合編:《唐宋詞鑑賞辭典》,上海:江蘇古籍出版社,2001 年 8 月。

37. 唐圭璋:《唐宋詞鑑賞集成》,臺北:五南圖書公司,1998 年 6 月,初版。

(三) 文集

1. 〔梁〕蕭統選;〔唐〕李善注:《昭明文選》,臺北:河洛圖書出版社,1980 年。

2. 〔明〕陳子龍撰:《安雅堂稿》,臺北:偉文圖書出版社,1977 年 9 月。

3. 〔明〕鄭琰:《梅墟先生別錄》,臺北:新文豐出版公司,1989 年 7

月《叢書集成新編》。

4. 〔清〕陳維崧撰:《陳迦陵文集》,臺北:臺灣商務印書館,1979 年 11 月《四部叢書正編》。

5. 〔清〕陳維崧著,陳振鵬標點,李學穎校補:《陳維崧集》,上海:上海古籍出版社,2010 年 12 月。

6. 〔清〕蔣景祁編:《瑤華集》,北京:中華書局,1982 年 11 月。

7. 〔清〕朱彝尊:《曝書亭集》,北京:商務印書館,2005 年《文津閣四庫全書》本。

8. 〔清〕杜登春纂:《社事始末》,臺北:新文豐出版公司,1989 年 7 月《叢書集成新編》本。

9. 〔清〕王時翔:《小山詩文全稿》,臺南:莊嚴文化出版公司,1997 年 6 月《四庫全書存目叢書》本。

(四)詞譜

1. 〔明〕張綖、謝天瑞輯:《詩餘圖譜》,上海:上海古籍出版社,2002 年 3 月《續修四庫全書》本。

2. 〔明〕徐師曾:《詩餘》,收入《文體明辯‧附錄》,臺南:莊嚴文化出版公司,1997 年 6 月《四庫全書存目叢書》本。

3. 〔明〕程明善:《嘯餘譜》,上海:上海古籍出版社,2002 年 3 月《續修四庫全書》本。

4. 〔清〕賴以邠:《填詞圖譜》,臺南:莊嚴文化出版公司,1997 年 6 月《四庫全書存目叢書》本。

5. 〔清〕萬樹:《詞律》,見《索引本詞律》,臺北:廣文書局,1989 年 10 月。

6. 〔清〕徐本立:《詞律拾遺》,見《索引本詞律》,臺北:廣文書局,1989 年 10 月。

7. 〔清〕杜文瀾:《詞律補遺》,見《索引本詞律》,臺北:廣文書局,1989 年 10 月。

8. 〔清〕王奕清等奉敕輯:《欽定詞譜》,臺北:臺灣商務印書館,1983 年 6 月《景印文淵閣四庫全書》本。

9. 〔清〕王奕清等奉敕輯:《欽定詞譜》,臺北:世界書局,1986 年 2 月《景印摛藻堂四庫全書薈要》本。

10. 〔清〕秦巘:《詞繫》,北京:北京師範大學出版社,1996 年 9 月。

11. 〔清〕葉申薌:《天籟軒詞譜》(清道光間刊本),臺北:國家圖書館藏。

12. 〔清〕舒夢蘭編、謝朝徵箋:《白香詞譜箋》,臺北,世界書局,2006年5月。

13. 〔清〕謝元淮:《碎金詞譜》,上海:上海古籍出版社,2002年3月《續修四庫全書》本。

三、筆記小說

1. 〔漢〕劉歆:《西京雜記》,臺北:臺灣商務印書館,1979年8月。

2. 〔南朝宋〕劉義慶:《幽冥錄》(〔清〕咸豐胡珽校刊,光緒董金鑑重刊琳琅秘室叢書本),臺北:國家圖書館藏。

3. 〔唐〕顏師古:《隋遺錄》,臺北:藝文印書館,1967年《景印百部叢書集成》本。

4. 〔五代〕王仁裕撰:《開元天寶遺事》,臺北:藝文印書館,1967年。

5. 〔宋〕陸游:《老學庵筆記》,收入於《宋元筆記小說大觀》,上海:上海古籍出版社,2007年3月。

6. 〔宋〕洪芻:《香譜》,北京,中華書局,1986年《叢書集成初編》本。

7. 〔宋〕陳起:《江湖小集》,臺灣:商務印書館,1986年《景印文淵閣四庫全書》本。

8. 〔宋〕陳敬撰:《陳氏香譜》,臺北:臺灣商務印書館,1985年《景印文淵閣四庫全書》本。

9. 〔宋〕不著撰人:《開河記》,上海:上海商務印書館,1929年上海涵芬樓《古今逸史》本。

10. 〔宋〕不著撰人:《迷樓記》,上海:上海商務印書館,1929年上海涵芬樓《古今逸史》本。

11. 〔明〕文鎮亨撰:《長物志》,臺灣,商務印書館,1985年《景印文淵閣四庫全書》本。

四、批評資料

1. 〔魏〕曹丕撰:《典論》,北京:中華書局,1985年《叢書集成初編》本。

2. 〔晉〕葛洪撰:《抱朴子內外篇》,北京,中華書局,1985年《叢書集成初編》本。

3. 〔梁〕劉勰;戚良德校注:《文心雕龍》,上海:上海古籍出版社,2008年12月。

4. 〔唐〕司空圖撰:《詩品》,北京:中華書局,1985年《叢書集成初編》本。

5. 〔宋〕胡仔:《苕溪魚隱叢話》,收入鄧子勉編:《宋金元詞話全編》,南京:鳳凰出版社,2008 年 12 月。

6. 〔宋〕尤袤:《全唐詩話》,北京:北京圖書館出版社,2003 年。

7. 〔宋〕蔡絛:《金玉詩話》(藍格舊鈔本),臺北:國家圖書館藏。

8. 〔明〕胡應麟:《少室山房筆叢》,北京:中華書局,1958 年 10 月。

9. 〔明〕胡應麟:《詩藪》,收入《續修四庫全書》,上海,上海古籍出版社,2002 年 3 月。

10. 〔明〕徐渭:《南詞敘錄》,收入《續修四庫全書》,上海,上海古籍出版社,2002 年 3 月。

11. 〔清〕王夫之撰:《夕堂永日緒論》,收錄於《四庫禁燬書叢刊補編》。

12. 〔清〕李調元撰:《雨村曲話》,出版地不詳:青石山莊,1961 年。

13. 〔清〕劉熙載撰:《藝概》,上海:上海古籍出版社,1978 年 12 月。

14. 〔清〕王士禎原編,鄭方坤補編:《五代詩話》,臺北:廣文書局,1970 年 1 月。

15. 〔清〕徐釚編著,王百里校箋:《詞苑叢談校箋》,臺北:文史哲出版社,1989 年 5 月。

16. 〔清〕何文煥編:《歷代詩話》,北京:北京圖書館出版社,2003 年。

17. 王國維:《人間詞話手稿本全編》,內蒙:內蒙古人民出版社,2003 年 1 月。

18. 王國維著,施議對譯注:《人間詞話譯註》,臺北:貫雅出版社,1995 年 5 月。

19. 郭紹虞輯:《宋詩話輯佚》,北京:中華書局,1980 年 9 月。

20. 唐圭璋編:《詞話叢編》,臺北:新文豐出版公司,1988 年 2 月,臺一版。

21. 〔宋〕王灼:《碧雞漫志》。

22. 〔宋〕張炎:《詞源》。

23. 〔宋〕沈義父:《樂府指迷》。

24. 〔明〕陳霆:《渚山堂詞話》。

25. 〔明〕王世貞:《藝苑卮言》。

26. 〔明〕楊慎:《詞品》。

27. 〔清〕李漁:《窺詞管見》。

28. 〔清〕王又華:《古今詞論》。

29. 〔清〕沈謙:《填詞雜說》。

30. 〔清〕鄒祗謨:《遠志齋詞衷》。

31. 〔清〕王士禛:《花草蒙拾》。

32. 〔清〕賀裳:《皺水軒詞筌》。

33. 〔清〕李漁:《窺詞管見》。

34. 〔清〕沈雄:《古今詞話》。

35. 〔清〕李調元:《雨村詞話》。

36. 〔清〕田同之:《西圃詞說》。

37. 〔清〕郭麐:《靈芬館詞話》。

38. 〔清〕許昂霄:《詞綜偶評》。

39. 〔清〕張惠言:《詞選》。

40. 〔清〕周濟:《介存齋論詞雜著》。

41. 〔清〕孫兆溎:《片玉山房詞話》。

42. 〔清〕馮金伯:《詞苑萃編》。

43. 〔清〕吳衡照:《蓮子居詞話》。

44. 〔清〕宋翔鳳:《樂府詩論》。

45. 〔清〕李佳:《左庵詩話》。

46. 〔清〕江順詒:《詞學集成》。

47. 〔清〕謝章鋌:《雨村詞話》。

48. 〔清〕馮昀:《蒿庵論詞》。

49. 〔清〕陳廷焯:《詞壇叢話》。

50. 〔清〕陳廷焯:《白雨齋詞話》。

51. 〔清〕譚獻:《復堂詞話》。

52. 〔清〕張德瀛:《詞徵》。

53. 〔清〕況周頤:《蕙風詞話》。

54. 〔清〕況周頤:《蕙風詞話續編》。

55. 臺靜農:《百種詩話類編》,臺北:藝文印書館,1974 年 5 月,初版。

56. 史雙元編:《唐五代詞紀事會評》,合肥:黃山書社,1995 年。

57. 張璋等編:《歷代詞話》,鄭州:大象出版社,2002 年 3 月。

58. 王兆鵬主編:《唐宋詞匯評・唐五代卷》,杭州:浙江教育出版社,2004 年 12 月。

59. 鄧子勉編:《宋金元詞話全編》,南京:鳳凰出版社,2008 年 12 月。

五、研究專著

1. 〔後蜀〕趙崇祚輯，李冰若注：《花間集評注》，臺北：鼎文書局，1974 年。

2. 〔後蜀〕趙崇祚輯，蕭繼宗評點校注：《評點校注花間集》，臺北：臺灣學生書局，1977 年。

3. 〔後蜀〕趙崇祚輯，李誼註釋：《花間集註釋》，自貢：四川文藝出版社，1986 年。

4. 〔後蜀〕趙崇祚輯，陳慶煌導讀：《花間集》，臺北：金楓出版公司，1987 年。

5. 〔後蜀〕趙崇祚輯，華連圃注：《花間集注》，臺北：天工書局，1992 年。

6. 〔後蜀〕趙崇祚輯，沈祥源、傅生文注：《花間集新注》，南昌：江西人民出版社，1997 年。

7. 〔後蜀〕趙崇祚輯，房開江注，崔黎民譯：《花間集全譯》，貴陽：貴州人民出版社，1997 年。

8. 〔後蜀〕趙崇祚輯，顧農、徐俠：《花間詞傳》，長春：吉林人民出版社，1999 年。

9. 張以仁：《花間詞論集》，臺北：中央研究院中國文哲研究所，2004 年。

10. 張以仁：《花間詞論續集》，臺北：中央研究院中國文哲研究所，2006 年。

11. 洪華穗：《花間集的主題與感覺》，臺北：文津出版社，1999 年。

12. 閔定慶：《花間集論稿》，海口：南方出版社，1999 年。

13. 高峰：《花間詞研究》，南京：江蘇古籍出版社，2001 年。

14. 艾治平：《花間詞藝術》，上海：學林出版社，2001 年。

15. 劉尊明：《唐五代詞的文化觀照》，臺北：文津出版社，1994 年。

16. 劉尊明：《唐五代詞史論稿》，北京：文化藝術出版社，2000 年。

17. 賈普華、傅璇琮著：《唐五代文學編年史》，瀋陽：遼海出版社，1998 年。

18. 羅宗強：《唐五代文學思想史》，北京：中華書局，2005 年。

19. 房銳主編：《晚唐五代巴蜀文學論稿》，成都：巴蜀書社，2005 年。

20. 陳尚君：《唐代文學叢考》，北京：中國科學出版社，1997 年 10 月。

21. 葉嘉瑩：《迦陵論詞叢稿》，臺北：明文出版社，1981 年。

22. 葉嘉瑩:《唐宋詞名家論集》,臺北:國文天地雜誌社,1987 年。

23. 葉嘉瑩、陳邦炎撰:《清詞名家論集》,臺北:中央研究院中國文哲研究所籌備處,1996 年 12 月。

24. 葉嘉瑩:《靈谿詞說》,上海:上海古籍出版社,1987 年。

25. 葉嘉瑩:《中國詞學的現代觀》,臺北大安出版社,1989 年 。

26. 葉嘉瑩:《唐宋十七講》,臺北:桂冠圖書公司,1992 年。

27. 葉嘉瑩:《詞學古今談》,臺北:萬卷樓圖書有限公司,1992 年。

28. 葉嘉瑩:《古典詩詞講演集》,石家莊:河北教育出版社,2001 年。

29. 吳梅:《詞學通論》,臺北:臺灣商務印書館,1988 年。

30. 繆鉞:《詩詞散論》,臺北:臺灣開明書局,1982 年。

31. 俞平伯:《讀詞偶得》,北京:人民文學出版社,2000 年。

32. 盧冀野:《詞曲研究》,臺北:中華書局,1982 年。

33. 饒宗頤:《詞集考》,北京:中華書局,1992 年。

34. 鄭騫:《從詩到曲》,臺北:順先出版公司,1982 年。

35. 徐信義:《詞學發微》,臺北:華正書局,1985 年。

36. 唐圭璋:《詞學論叢》,臺北:宏業書局,1986 年。

37. 楊海明:《唐宋詞風格論》,上海:上海社會科學院出版社,1986 年。

38. 吳熊和:《唐宋詞通論》,杭州:浙江古籍出版社,1989 年。

39. 任半塘:《敦煌歌詞總編》,上海:上海古籍出版社,2006 年。

40. 施議對:《詞與音樂關係》,北京:中國社會科學出版社 1989 年。

41. 賴橋本:《詞曲散論》,臺北:文津出版社,1990 年。

42. 林玫儀:《詞學考詮》,臺北:聯經出版事業公司 1993 年。

43. 孫康宜:《晚唐迄北宋詞體演進與詞人風格》,臺北:聯經出版事業公司,1994 年。

44. 王國維:《宋元戲曲史》,臺北:藝文印書館,1957 年 4 月。

45. 青山宏:《唐宋詞研究》,北京:北京大學出版社,1995 年。

46. 孫立:《詞的審美特性》,臺北:文津出版社,1995 年。

47. 李劍亮:《唐宋詞與唐宋歌妓制度》,杭州:杭州大學出版社,1999 年。

48. 鄧喬彬:《唐宋詞美學》,濟南:齊魯書社,2004 年。

49. 劉尊明:《唐宋詞綜論》,北京:中國社會科學出版社,2004 年。

50. 吳宏一:《清代詞學四論》,臺北:聯經出版社,1990 年。

51. 陳如江：《唐宋五十名家詞論》，上海：華東師範大學出版社，1992年7月。

52. 龔兆吉編著、王偉勇編審：《歷代詞論新編》，臺北：祺齡出版社，1994年12月。

53. 王偉勇：《宋詞與唐詩之對應研究》，臺北：文史哲出版社，2003年4月，初版。

54. 王偉勇：《詞學專題研究》，臺北：文史哲出版社，2003年4月，初版。

55. 謝桃坊：《中國詞學史》，成都：巴蜀書社，2002年12月，初版。

56. 方智範、鄧喬彬、周聖偉、高建中：《中國古典詞學理論史》，上海：華東師範大學出版社，2005年12月，初版。

57. 劉毓盤：《詞史》，臺北：臺灣學生書局，1972年。

58. 黃拔荊：《詞史》，福州：福建民眾出版社，1989年4月，初版。

59. 楊海明：《唐宋詞史》，高雄：麗文文化事業股份有限公司，1996年2月。

60. 陳玉剛：《中國古代詩詞曲史》，南昌：百花州文藝出版社，1998年。

61. 王兆鵬：《唐宋詞史的還原與建構》，武漢：湖北民眾出版社，2005年。

62. 江合友：《明清詞譜史》，上海：上海古籍出版社，2008年5月。

63. 嚴迪昌：《清詞史》，南京：江蘇古籍出版社，1999年8月。

64. 孫克強：《清代詞學》，北京：中國社會出版社，2004年7月。

65. 徐珂：《清代詞學概論》，臺北：廣文書局，1979年5月。

66. 吳庚舜、董乃斌：《唐代文學史》，北京：民眾文學出版社，1995年。

67. 鄧小軍：《唐代文學的文化精神》，臺北：文津出版社，2003年10月。

68. 程國賦：《唐代小說與中古文化》，臺北：文津出版社，2000年1月。

69. 霍然：《唐代美學思潮》，長春：長春出版社，1993年9月，初版。

70. 鄭華達：《唐代宮怨詩研究》，臺北：文津出版社，2000年3月，初版。

71. 王小盾：《唐代酒令藝術》，臺北：文津出版社，1993年2月，初版。

72. 王昆吾：《隋唐五代燕樂雜言歌辭研究》，北京：中華書局，1996年。

73. 楊瑋：《唐代音樂文化之研究》，臺北：文史哲出版社，1993年11月，初版。

74. 汪辟疆編：《唐代傳奇小說》，臺北：文史哲出版社，1988 年 4 月，再版。

75. 康正果：《風騷與艷情》，臺北：雲龍出版社，1991 年。

76. 蔡英俊：《中國古典詩論中語言與意義的論題——意在言外地用言模式與含蓄美典》，臺北：學生書局，2001 年。

77. 黃永武：《中國詩學》，臺北：巨流圖書公司，1992 年。

78. 葉維廉：《歷史傳釋與美學》，臺北：東大圖書公司，1988 年 2 月，初版。

79. 陳植鍔：《詩歌意象論》，北京：中國社會科學出版社，1990 年。

80. 蔡英俊：《比興物色與情景交融》，臺北：大安出版社，1995 年。

81. 趙山林：《詩詞曲藝術論》，杭州：浙江教育出版社，1998 年。

82. 吳梅：《顧曲塵談》，台北：商務印書館，1969 年 2 月，臺一版。

83. 〔日〕青木正兒：《南北戲曲源流考》，台北：商務印書館，1966 年 3 月，臺一版。

84. 袁行霈：《中國詩歌藝術研究》，北京：北京大學出版社，1986 年 11 月。

85. 陳望衡：《中國古典美學史》，：武漢大學出版社，2007 年 10 月，再版。

86. 孫琴安：《中國評點文學史》，上海：上海科學出版社，1999 年 6 月。

87. 謝旻琪：《明代評點詞集研究》，臺北：花木蘭化出版社，2007 年 3 月。

88. 龔鵬程：《晚唐的社會與文化》，臺北：臺灣學生書局，1990 年 9 月，初版。

89. 黃文吉主編：《詞學研究書目》（1919～1992），臺北：文津出版社，1993 年 4 月，初版。

90. 林玫儀：《詞學論著總目》（1901～1992），臺北：中央研究院中國文哲研究所圖書文獻專刊，1995 年 5 月，初版。

91. 〔東漢〕許慎：《說文解字》，北京：商務印書館，2005 年《文津閣四庫全書》本。

92. 臧勵龢主編：《中國人名大辭典》，臺北：臺灣商務印書館，1990 年。

93. 李學勤主編：《中華漢語工具書庫》，安徽：安徽教育出版社，2002 年 1 月。

六、其他文學專著

1. 〔晉〕陸機撰；張少康集釋：《文賦集釋》，臺北：漢京文化，1987年2月。

2. 〔魏〕曹丕著；夏傳才、唐紹忠校注：《曹丕集校注》，河南：中州古籍出版社，1992年10月。

3. 〔南唐〕李璟、李煜著；王次聰、夏瞿禪：《南唐二主詞校注》，臺北：世界書局股份有限公司，2010年5月。

4. 〔元〕王實甫著；王季思校注：《西廂記》，臺北：里仁書局，2005年12月。

5. 〔明〕湯顯祖著；錢南揚校點：《湯顯祖戲曲集》，上海：上海古籍出版社，2010年6月。

6. 〔清〕柳如是著：《柳如是集》，杭州：中國美術學院出版社，1999年12月。

7. 〔清〕惲格撰，〔清〕葉鍾進編：《惲南田畫跋三卷，題畫詩一卷》（舊鈔本），臺北：國家圖書館藏。

8. 王國維：《王國維先生全集·續編》，臺北：臺灣大通書局，1976年。

9. 魯迅：《魯迅全集·且介亭雜文二集》，臺北：谷風出版社，1980年12月。

10. 錢鍾書：《寫在人生邊上》，臺北，開明書局，1947年9月。

11. 歐麗娟：《李商隱詩歌》，臺北：五南圖書出版股份有限公司，2003年5月。

七、期刊論文

1. 念述：〈試談周濟介存齋論詞雜著〉，《文學遺產增刊》，第九輯，香港：聯合出版社，1962年6月。

2. 錢仲聯：〈論陳維崧的湖海樓詞〉，《江海學刊》，1962年第2期。

3. 王熙元：〈歷代詞話的論詞特色〉，收入於中央研究院中國文哲研究所編委會主編《第一屆詞學國際研討會論文集》，臺北：中研院文哲所，1994年11月。

4 馮桂芹：〈簡析「廉」的文化象徵意義〉，《黃山學院學報》，第2期，2007年。

5. 袁志成：〈天籟軒詞譜研究〉，《廣西大學報》（哲學社會科學版），第30卷，第5期，2008年10月。

6. 穆延柯：〈淺談顧夐的詞〉，《時代文學》，第十八期，2012年10月。

7. 于國華、丁岩：〈顧敻詞女性化特徵〉，《通化師範學院學報》，第 33 卷 2012 年 5 月。

八、學位論文

1. 王怡芬：〈花間集女性敘寫研究〉，國立成功大學，中國文學研究所，碩士學位論文，1999 年 6 月。

貳、接受研究部分

一、研究專著

1. 〔聯邦德國〕H.R.姚斯、〔美〕R.C.霍拉勃著，周寧、金元浦譯：《接受美學與接受理論》，瀋陽：遼寧人民出版社，1987 年 9 月。

2. 馬以鑫著：《接受美學新論》，上海：學林出版社，1995 年 10 月。

3. 陳文忠著：《中國古典詩歌接受史研究》，合肥：安徽大學出版社，1998 年 8 月。

4. 陳文忠著：《文學美學與接受史研究》，合肥：安徽大學出版社，2008 年 8 月。

5. 金元浦：《接受史反應文論》，濟南：山東教育出版社，1998 年 10 月。

6. 蔡振念：《杜詩唐宋接受史》，臺北：五南圖書有限公司，2002 年 2 月。

7. 朱麗霞：《清代辛稼軒接受史》，濟南：齊魯書社，2005 年 1 月。

8. 劉雙琴：《六一詞接受史研究》，廣州：中山大學出版，2011 年 12 月。

9. 王偉勇：《清代論詞絕句初編》臺北：里仁書局，2010 年 9 月，初版。

二、學位論文

1. 薛乃文：〈馮延巳詞接受史〉，國立成功大學，中國文學研究所，碩士學位論文，2009 年 6 月。

2. 顏文郁：〈韋莊詞之接受史〉，國立成功大學，中國文學研究所，碩士學位論文，2009 年 6 月。

3. 許淑惠：〈秦觀詞接受史〉，國立成功大學，中國文學研究所，碩士學位論文，2010 年 6 月。

4. 柯瑋郁：〈晏幾道小山詞接受史〉，國立成功大學，中國文學研究所，碩士學位論文，2010 年 6 月。

5. 張巽雅：〈賀鑄詞接受史〉，國立成功大學，中國文學研究所，碩士學位論文，2012 年 1 月。

6. 黃思萍：〈李煜詞接受〉，國立成功大學，中國文學研究所，碩士學位論文，2012 年 7 月。

7. 陳宥伶：〈陸游詞接受史〉，國立成功大學，中國文學研究所，碩士學位論文，2012 年 7 月。

三、期刊論文

1. 王偉勇：〈兩宋詞人仿擬典範作品析論〉，收入於《人文與創意學術研討會論文集》，臺北：里仁書局，2008 年 6 月。

四、其他

1. 游鴻明：「詩人的眼淚」，香港：2007 年新力博德曼唱片公司發行。

附　錄

附錄一:《花間集》閨閣器物之用例數與例句

（附錄一至附錄三版本採李一泯《花間集校》之卷數與頁碼）

附錄 1-1:「枕」之例句

序	詞人	數量	詞牌	首句	用例句	卷數	頁碼
1	溫庭筠	10	菩薩蠻	水晶簾裏玻璃枕	水晶簾裏玻璃枕	卷一	2
			菩薩蠻	南圓滿地堆輕絮	枕上屏山掩	卷一	5
			菩薩蠻	竹風輕動庭除冷	山枕隱濃妝	卷一	6
			更漏子	金雀釵	山枕膩	卷一	7
			更漏子	玉爐香	夜長衾枕寒	卷一	8
			酒泉子	楚女不歸	樓枕小河春水	卷一	9
			南歌子	臉上金霞細	倚枕覆鴛衾	卷一	14
			南歌子	撲蕊添黃了	鴛枕映屏山	卷一	14
			南歌子	懶拂鴛鴦枕	懶拂鴛鴦枕	卷一	15
			訴衷情	鶯語花舞春晝午	金帶枕	卷二	22
2	皇甫松	0					

序	詞人	數量	詞牌	首句	用例句	卷數	頁碼
3	韋莊	6	江城子	恩重嬌多情易傷	移鳳枕	卷三	40
			江城子	恩重嬌多情易傷	枕潘郎	卷三	40
			天仙子	蟾彩霜華夜不分	天外鴻聲枕上聞	卷三	43
			思帝鄉	雲髻墜	枕函敧	卷三	45
			女冠子	昨夜夜半	枕上分明夢見	卷三	47
			酒泉子	月落星沉	金枕膩	卷三	48
4	薛昭蘊	0					
5	牛嶠	3	應天長	雙眉淡薄藏心事	山枕膩	卷四	64
			更漏子	星漸稀	玉釵橫枕邊	卷四	64
			玉樓春	春入橫塘搖淺浪	恨翠愁洪流枕上	卷四	68
6	張泌	2	浣溪沙	枕障燻爐隔繡帷	枕障燻爐隔繡帷	卷四	71
			柳枝	膩粉瓊裝透碧紗	紅腮隱出枕函花	卷四	76
7	毛文錫	1	虞美人	寶檀金縷鴛鴦枕	寶檀金縷鴛鴦枕	卷五	82
8	牛希濟	2	酒泉子	枕轉簟涼	枕轉簟涼	卷五	95
			謁金門	秋已暮	淚滴枕檀無數	卷五	96
9	歐陽炯	3	浣溪沙	落絮殘鶯半日天	斜倚瑤枕髻鬟偏	卷五	97
			浣溪沙	相見休言有淚珠	鳳屏鴛枕宿金鋪	卷五	97
			三字令	春欲盡	枕函敧	卷五	98
10	和凝	0					

序	詞人	數量	詞牌	首句	用例句	卷數	頁碼
11	顧夐	17	虞美人	觸簾風送景陽鍾	露清枕簟藕花香	卷六	113
			虞美人	翠屏閑掩垂珠箔	膩枕堆雲鬢	卷六	114
			甘州子	一爐籠麝錦帷傍	山枕上	卷六	117
			甘州子	每逢清夜與良辰	山枕上	卷六	117
			甘州子	曾如劉阮訪仙蹤	山枕上	卷六	118
			甘州子	露桃花裏小樓深	山枕上	卷六	118
			甘州子	紅爐深夜醉調笙	山枕上	卷六	118
			玉樓春	月照玉樓春漏促	枕上兩蛾攢細綠	卷六	119
			浣溪沙	庭菊飄黃玉露濃	覺來枕上怯晨鐘	卷七	125
			浣溪沙	雲淡風高葉亂飛	粉黛暗愁金帶枕	卷七	125
			浣溪沙	雁響遙天玉漏清	簟涼枕冷不勝情	卷七	126
			酒泉子	掩卻菱花	淚侵山枕濕	卷七	128
			酒泉子	水碧風清	帳深枕膩炷沉煙	卷七	128
			獻衷心	繡鴛鴦帳暖	山枕上	卷七	129～130
			荷葉杯	金鴨香濃鴛被	枕膩	卷七	133
			臨江仙	幽閨小檻春光暖	屏虛枕冷	卷七	134
			醉公子	漠漠秋雲淡	枕欹小山屏	卷七	135

序	詞人	數量	詞牌	首句	用例句	卷數	頁碼
12	孫光憲	3	浣溪沙	桃杏風香簾幕閒	小屏一枕酒醒山	卷七	136
			河傳	花落	枕檀雲髻偏	卷七	140
			定西番	帝子枕前秋夜	帝子枕前秋夜	卷八	154
13	魏承班	2	訴衷情	春深花簇小樓臺	山枕映紅腮	卷九	167
			訴衷情	金風輕透碧窗紗	倚枕臥	卷九	167
14	鹿虔扆	2	思越人	翠屏欹	珊瑚枕膩鴉鬟亂	卷九	171
			虞美人	捲荷香淡浮煙渚	枕上眉心斂	卷九	172
15	閻選	2	臨江仙	雨停荷芰逗濃香	珍簟對欹鴛枕冷	卷九	173
			浣溪沙	寂寞流蘇冷繡茵	倚屏山枕惹香塵	卷九	174
16	尹鶚	1	臨江仙	深秋寒夜銀河靜	枕前何事最傷情	卷九	175
17	毛熙震	1	河滿子	無語殘妝淡薄	水晶枕上初驚	卷十	186
18	李珣	4	巫山一段雲	古廟依青嶂	行宮枕碧流	卷十	193
			酒泉子	秋雨聯綿	那堪深夜枕前聽	卷十	199
			酒泉子	秋月嬋娟	夜深斜傍枕前來	卷十	199～200
			望遠行	露滴幽庭落葉時	枕斜欹	卷十	200

附錄 1-2：「窗」之例句

序	詞人	數量	詞牌	首句	用例句	卷數	頁碼
1	溫庭筠	6	菩薩蠻	蕊黃無限當山額	宿妝隱笑紗窗隔	卷一	2
			菩薩蠻	玉樓明月長相憶	綠窗殘夢迷	卷一	3
			菩薩蠻	牡丹花謝鶯聲懶	背窗燈半明	卷一	4
			酒泉子	日映紗窗	日映紗窗	卷一	9
			定西番	海燕欲飛調羽	瑣窗中	卷一	10
			楊柳枝	御柳如絲映九重	鳳凰窗映繡芙蓉	卷一	13
2	皇甫松	0					
3	韋莊	6	浣溪沙	惆悵夢餘山月斜	孤燈照壁背窗紗	卷二	30
			菩薩蠻	紅樓別夜堪惆悵	綠窗人似花	卷二	31
			清平樂	野花芳草	小窗風觸鳴琴	卷二	36
			更漏子	鐘鼓寒	燈背水窗高隔	卷三	47
4	薛昭蘊	0					
5	牛嶠	2	菩薩蠻	玉釵風動春幡急	窗寒雨晴	卷四	66
			菩薩蠻	綠雲鬢上飛金雀	寒窗天欲曙	卷四	67
6	張泌	4	玉樓春	春入橫塘搖淺浪	小玉窗前嗔燕語	卷四	68
			酒泉子	春雨打窗	春雨打窗	卷四	74
			南歌子	岸柳拖煙綠	驚斷碧窗殘夢	卷四	77
			蝴蝶兒	蝴蝶兒	倚窗學畫伊	卷五	81

序	詞人	數量	詞牌	首句	用例句	卷數	頁碼
7	毛文錫	5	虞美人	寶檀金縷鴛鴦枕	夕陽低映小窗明	卷五	82
			喜遷鶯	芳春景	碧紗窗曉怕聞聲	卷五	83
			紗窗恨	新春燕子還來至	月照紗窗	卷五	86
			紗窗恨	雙雙蝶翅塗鉛粉	綺窗綉戶飛來穩	卷五	86
			河滿子	紅粉樓前月照	碧紗窗外鶯啼	卷五	91
8	牛希濟	0					
9	歐陽炯	1	浣溪沙	落絮殘鶯半日天	惹窗映竹滿爐煙	卷五	97
10	和凝	2	薄命女	天欲曉	窗裡星光少	卷六	109
			春光好	紗窗暖	紗窗暖	卷六	111
11	顧夐	11	虞美人	碧梧桐映紗窗晚	碧梧桐映紗窗晚	卷六	114
			虞美人	深閨春色勞思想	鎖窗前	卷六	115
			河傳	燕颺	小窗屏暖	卷六	116
			玉樓春	月皎露華窗影細	月皎露華窗影細	卷六	120
			浣溪沙	紅藕香寒翠渚平	小窗孤獨淚縱橫	卷七	124
			浣溪沙	惆悵經年別謝娘	月窗花院好風光	卷七	125
			浣溪沙	雁響遙天玉漏清	小紗窗外月朧明	卷七	126
			酒泉子	羅帶縷金	月臨窗	卷七	127
			酒泉子	水碧風清	風度綠窗月悄悄	卷七	128

序	詞人	數量	詞牌	首句	用例句	卷數	頁碼
11	顧敻	11	訴衷情	香滅簾垂春漏永	窗外月光臨	卷七	130
			臨江仙	碧染長空池似鏡	小窗明	卷七	134
12	孫光憲	4	菩薩蠻	花冠頻鼓墻頭翼	東方淡白連窗色	卷八	144
			虞美人	紅窗寂寂無人語	紅窗寂寂無人語	卷八	146
			酒泉子	斂態窗前	斂態窗前	卷八	150
			清平樂	等閒無語	晚窗斜界殘暉	卷八	151
13	魏承斑	3	訴衷情	銀漢雲晴玉漏長	碧窗涼	卷九	167
			訴衷情	金風輕透碧窗紗	金風輕透碧窗紗	卷九	167～168
			漁歌子	柳如眉	窗外曉鶯殘月	卷九	169
14	鹿虔扆	3	臨江仙	金鎖重門荒院靜	綺窗愁對秋空	卷九	170
			臨江仙	映窗絲柳裊煙青	映窗絲柳裊煙青	卷九	170
			虞美人	捲荷香淡浮煙渚	瑣窗疎透曉風清	卷九	172
15	閻選	1	河傳	秋雨	西風稍急喧窗竹	卷九	175
16	尹鶚	3	臨江仙	深秋寒夜銀河靜	西窗幽夢等閒成	卷九	175
			滿宮花	月沉沉	愁鎖碧窗春曉	卷九	176
			菩薩蠻	隴雲暗合秋天白	俯窗獨坐窺煙陌	卷九	177

序	詞人	數量	詞牌	首句	用例句	卷數	頁碼
17	毛熙震	3	河滿子	寂寞芳菲暗度	小窗弦斷銀箏	卷十	186
			河滿子	無語殘妝淡薄	綺窗疏日微明	卷十	186
			菩薩蠻	梨花滿院飄香雪	小窗燈影背	卷十	189～190
18	李珣	5	浣溪紗	入夏偏宜淡薄妝	月窗香徑夢悠颺	卷十	190～191
			酒泉子	秋月嬋娟	皎潔碧紗窗外	卷十	199～200
			望遠行	春日遲遲思寂寥	瓊窗時聽語鶯嬌	卷十	200
			望遠行	露滴幽庭落葉時	入窗明月鑒空惟	卷十	200
			西溪子	金縷翠鈿浮動	妝罷小窗圓夢	卷十	201～202

附錄 1-3：「爐」之例句

序	詞人	數量	詞牌	首句	用例句	卷數	頁碼
1	溫庭筠	2	更漏子	玉爐香	玉爐香	卷一	8
			南歌子	懶拂鴛鴦枕	羅帳罷爐燻	卷一	15
2	皇甫松	0					
3	韋莊	1	菩薩蠻	人人盡說江南好	爐邊人似月	卷二	31～32
4	薛昭蘊	1	小重山	秋到長門秋草黃	至今猶惹御爐香	卷二	33
5	牛嶠	1	菩薩蠻	玉釵風動春幡急	燻爐蒙翠被	卷四	66
6	張泌	1	浣溪沙	枕帳燻爐隔繡帷	枕帳燻爐隔繡帷	卷四	71
7	毛文錫	2	虞美人	寶檀金縷鴛鴦枕	玉爐香暖頻添炷	卷五	82
			贊浦子	錦帳添香睡	金爐換夕燻	卷五	85
8	牛希濟	2	臨江仙	峭壁參差十二峯	金爐珠帳	卷五	93
			酒泉子	枕轉簟涼	舊爐香	卷五	95
9	歐陽炯	1	浣溪沙	落絮殘鶯半日天	惹窗映竹滿爐煙	卷五	97
10	和凝	0					
11	顧敻	8	虞美人	碧梧桐映紗窗晚	翠帷香粉玉爐寒	卷六	114
			河傳	棹舉	小爐香欲焦	卷六	117
			甘州子	一爐籬麝錦帷傍	一爐籠麝錦帷傍	卷六	117
			甘州子	紅爐深夜醉調笙	紅爐深夜醉調笙	卷六	118

序	詞人	數量	詞牌	首句	用例句	卷數	頁碼
11	顧夐	8	玉樓春	月皎露華窗影細	博山爐冷水沉微	卷六	120
			浣溪沙	紅藕香寒翠渚平	寶帳玉爐殘麝冷	卷七	124
			獻衷心	繡鴛鴦帳暖	小爐煙細	卷七	129
			臨江仙	碧染長空池似鏡	博山爐暖淡煙輕	卷七	134
12	孫光憲	2	河傳	花落	玉爐香斷霜灰冷	卷七	140
			生查子	今井墮高梧	玉爐寒	卷八	148
13	魏承斑	0					
14	鹿虔扆	1	女冠子	步虛壇上	金爐裊麝煙	卷九	171
15	閻選	0					
16	尹鶚	0					
17	毛熙震	2	女冠子	修蛾慢臉	玉爐香	卷九	181
			清平樂	春光欲暮	玉爐煙斷香微	卷九	182
18	李珣	1	臨江仙	鶯報簾前暖日紅	玉爐殘麝猶濃	卷十	194

附錄 1-4：「簾」之例句

序	詞人	數量	詞牌	首句	用例句	卷數	頁碼
1	溫庭筠	14	菩薩蠻	水晶簾裏玻璃枕	水晶簾裏玻璃枕	卷一	2
			菩薩蠻	夜來皓月纔當午	重簾悄悄無人語	卷一	5
			菩薩蠻	雨晴夜合玲瓏日	綉簾垂箓簌	卷一	5
			菩薩蠻	竹風輕動庭除冷	珠簾月上玲瓏影	卷一	6
			更漏子	柳絲長	綉簾垂	卷一	6
			更漏子	星斗稀	簾外曉鶯殘月	卷一	6
			歸國遙	香玉	畫堂照簾殘燭	卷一	8
			定西番	海燕欲飛調羽	閣簾櫳	卷一	10
			定西番	細雨曉鶯春晚	羅幕翠簾初捲	卷一	11
			南歌子	似帶如絲柳	簾捲玉鈎斜	卷一	13
			南歌子	臉上金霞細	隔簾鶯百囀	卷一	14
			河瀆神	銅鼓賽神來	捲簾愁對珠閣	卷一	16
			遐方怨	花半坼	未捲珠簾	卷二	22
			思帝鄉	花花	羅綉畫簾腸斷	卷二	22
2	皇甫松	1	夢江南	樓上寢	殘月卜簾旌	卷二	28～29
3	韋莊	8	浣溪沙	輕曉妝成寒食天	捲簾直出畫堂前	卷二	29～30
			浣溪沙	欲上鞦韆四體慵	畫堂簾幕月明風	卷二	30

序	詞人	數量	詞牌	首句	用例句	卷數	頁碼
3	韋莊	8	應天長	綠槐陰裏黃鶯語	畫簾垂	卷二	34
			荷葉杯	記得那年花下	水堂西面畫簾垂	卷二	35
			清平樂	春愁南陌	燕拂畫簾金額	卷二	35
			謁金門	春漏促	一夜簾前風撼竹	卷三	40
			天仙子	夢覺雲屏依舊空	杜鵑聲咽隔簾櫳	卷三	43
			訴衷情	燭燼香殘簾半捲	燭燼香殘簾半捲	卷三	45
4	薛昭蘊	4	浣溪沙	簾下三間出寺墻	簾下三間出寺墻	卷三	50
			小重山	春到長門春草青	簾外曉鶯啼	卷三	53
			相見歡	羅襦繡袂香紅	魂斷隔簾櫳	卷三	54
			謁金門	春滿院	睡覺水晶簾未捲	卷三	55
5	牛嶠	5	菩薩蠻	柳花飛處鶯聲急	金鳳小簾開	卷四	66
			菩薩蠻	風簾燕舞鶯啼柳	風簾燕舞鶯啼柳	卷四	67
			菩薩蠻	玉樓冰簟鴛鴦錦	簾外轆轤聲	卷四	67
			酒泉子	記得去年	鈿車纖手捲簾望	卷四	68
			江城子	鵁鶄飛起郡城東	簾捲水樓魚浪起	卷四	69

序	詞人	數量	詞牌	首句	用例句	卷數	頁碼
6	張泌	11	浣溪沙	翡翠屏開繡幄紅	燕飛鶯語隔簾櫳	卷四	71
			浣溪沙	枕障燻爐隔繡帷	黃昏微雨畫簾垂	卷四	71
			浣溪沙	偏戴花冠白玉簪	隔簾零落杏花陰	卷四	72
			浣溪沙	晚逐香車入鳳城	東風斜揭繡簾輕	卷四	72
			河傳	紅杏	透簾櫳	卷四	74
			滿宮花	花正芳	簾冷露華珠翠	卷四	76
			南歌子	柳色遮樓暗	高捲水晶簾額	卷四	76
			南歌子	岸柳拖煙綠	數聲蜀魄入簾櫳	卷四	77
			南歌子	錦薦紅鸂鶒	簾暮盡垂無事	卷四	77
			江城子	碧欄干外小中庭	睡起簾捲無一事	卷五	80
			河瀆神	古樹噪寒鴉	畫隔珠簾影斜	卷五	81
7	毛文錫	2	虞美人	寶檀金縷鴛鴦枕	珠簾不捲度沉煙	卷五	82
			戀情深	滴滴銅壺寒漏咽	真珠簾下曉光侵	卷五	90
8	牛希濟	2	酒泉子	枕轉簟涼	簾影動	卷五	95
			中興樂	池塘暖碧浸晴暉	珠簾垂	卷五	96
9	歐陽炯	3	三字令	春欲盡	翠簾垂	卷五	98
			獻衷心	見花好顏色	飛舞簾櫳	卷六	104
			鳳樓卷	鳳髻綠雲叢	斜日照簾	卷六	106

序	詞人	數量	詞牌	首句	用例句	卷數	頁碼
10	和凝	1	臨江仙	海棠香老春江晚	翠鬟初出綉簾中	卷六	107
11	顧敻	14	虞美人	曉鶯啼破相思夢	簾捲金泥鳳	卷六	113
			虞美人	觸簾風送景陽鍾	觸簾風送景陽鍾	卷六	113～114
			河傳	燕颺	海棠簾外影	卷六	116
			玉樓春	月照玉樓春漏促	曉鶯簾外語花枝	卷六	119
			浣溪沙	春色迷人恨正賒	簾外有情雙燕颺	卷七	124
			浣溪沙	荷芰風輕簾幕香	荷芰風輕簾幕香	卷七	124
			楊柳枝	秋夜香閨思寂寥	更聞簾外雨蕭蕭	卷七	129
			遐方怨	簾影細	簾影細	卷七	129
			獻衷心	綉鴛鴦帳暖	虛閣簾垂	卷七	129～130
			訴衷情	香滅簾垂春漏永	香滅簾垂春漏永	卷七	130
			漁歌子	曉風清	畫簾垂	卷七	133
			臨江仙	月色穿簾風入竹	月色穿簾風入竹	卷七	135
			醉公子	岸柳垂金線	高樓簾半捲	卷七	135
			更漏子	舊歡娛	簾半捲	卷七	136
12	孫光憲	13	浣溪沙	桃杏風香簾幕閒	桃杏風香簾幕閒	卷七	136
			浣溪沙	花漸凋疏不耐風	畫簾垂地晚堂風	卷七	137
			浣溪沙	半踏長裾宛約行	晚簾疏處見分明	卷七	137

序	詞人	數量	詞牌	首句	用例句	卷數	頁碼
12	孫光憲	13	浣溪沙	風遞殘香出繡簾	風遞殘香出繡簾	卷七	138
			河傳	花落	簾鋪影	卷七	140
			菩薩蠻	月華如水龍香砌	鉤垂一面簾	卷八	144
			虞美人	好風微揭簾旌起	好風微揭簾旌起	卷八	146～147
			後庭花	景陽鐘動宮鶯囀	珠簾捲	卷八	147
			更漏子	聽寒更	下珠簾	卷八	151
			風流子	樓倚長衢欲暮	隱映畫簾開處	卷八	153
			風流子	金絡玉銜嘶馬	繡簾垂	卷八	153
			思帝鄉	如何	永日水堂簾下	卷八	156
			望梅花	樹枝開與短墻平	簾外欲三更	卷八	159
13	魏承班	3	玉樓春	寂寂畫堂梁上燕	高捲翠簾橫數扇	卷九	166
			生查子	寂寞畫堂空	月冷珠簾薄	卷九	168～169
			黃鍾樂	池塘煙暖草萋萋	簾外論心	卷九	169
14	鹿虔扆	1	臨江仙	無賴曉鶯驚夢斷	翠簾慵捲	卷九	170
15	閻選	1	臨江仙	十二高峯天外寒	畫簾深殿	卷九	173
16	尹鶚	0					

序	詞人	數量	詞牌	首句	用例句	卷數	頁碼
17	毛熙震	8	浣溪沙	春暮黃鶯下砌前	水晶簾影露珠懸	卷九	177
			浣溪沙	花謝香紅煙景迷	金鋪閒掩繡簾低	卷九	177～178
			更漏子	秋色清	映簾懸玉鉤	卷九	180
			清平樂	春光玉暮	簾捲晚天疏雨	卷九	182
			南歌子	惹恨還添恨	獨映畫簾開立	卷九	182
			酒泉子	鈿匣舞鸞	簾半捲	卷十	189
			菩薩蠻	梨花滿院飄香雪	斜月照簾帷	卷十	189～190
			菩薩蠻	繡簾高軸臨塘看	繡簾高軸臨塘看	卷十	190
18	李珣	7	巫山一段雲	有客經巫峽	塵暗珠簾捲	卷十	193
			臨江仙	簾捲池心小閣虛	簾捲池心小閣虛	卷十	194
			臨江仙	鶯報簾前暖日紅	鶯報簾前暖日紅	卷十	194
			酒泉子	寂寞青樓	風觸繡簾珠碎撼	卷十	198～199
			酒泉子	秋雨聯綿	透簾旌	卷十	199
			菩薩蠻	等閒將度三春景	簾垂碧砌參差影	卷十	201
			菩薩蠻	隔簾微雨雙飛燕	隔簾微雨雙飛燕	卷十	201

附錄 1-5：「屏」之例句

序	詞人	數量	詞牌	首句	用例句	卷數	頁碼
1	溫庭筠	7	菩薩蠻	南園滿地堆輕絮	枕上屏山掩	卷一	5
			更漏子	柳絲長	畫屏金鷓鴣	卷一	6
			歸國遙	香玉	小屏山斷續	卷一	8
			酒泉子	花映柳條	掩銀屏	卷一	9
			酒泉子	日映紗窗	金鴨小屏山碧	卷一	9
			南歌子	撲蕊添黃子	鴛枕映屏山	卷一	14
			番女怨	磧南沙上驚雁起	畫樓離恨錦屏空	卷二	25
2	皇甫松	1	夢江南	蘭燼落	屏上暗紅焦	卷二	28
3	韋莊	9	菩薩蠻	如今卻憶江南樂	翠屏金屈曲	卷二	32
			歸國遙	春欲晚	畫屏雲雨散	卷二	33～34
			應天長	綠槐陰裏黃鶯語	寂寞繡屏香一炷	卷二	34
			荷葉杯	絕代佳人難得	閒掩翠屏金鳳	卷二	34～35
			望遠行	欲別無言倚畫屏	欲別無言倚畫屏	卷二	36～37
			謁金門	春漏促	夜夜繡屏孤宿	卷三	40
			天仙子	夢覺雲屏依舊空	夢覺雲屏依舊空	卷三	43
			思帝鄉	雲髻墜	翡翠屏深月落	卷三	45
			酒泉子	月落星沉	畫屏深	卷三	48
4	薛昭蘊	1	相見歡	羅襦繡袂香紅	小屏風	卷三	54

序	詞人	數量	詞牌	首句	用例句	卷數	頁碼
5	牛嶠	4	更漏子	春夜闌	錦屏深	卷四	64
			菩薩蠻	舞裙香暖金泥鳳	錦屏春晝長	卷四	65
			菩薩蠻	畫屏重疊巫陽翠	畫屏重疊巫陽翠	卷四	66
			菩薩蠻	綠雲鬢上飛金雀	畫屏山幾重	卷四	67
6	張泌	6	浣溪沙	獨立寒堦望月華	繡屏愁背一燈斜	卷四	70
			浣溪沙	翡翠屏開繡幄紅	翡翠屏開繡幄紅	卷四	71
			浣溪沙	花月香寒悄夜塵	嬋娟依約畫屏人	卷四	72
			河傳	渺莽雲水	錦屏香冷	卷四	74
			柳枝	膩粉瓊裝透碧紗	倚著雲屏新睡覺	卷四	76
			南歌子	岸柳拖煙綠	畫屏空	卷四	77
7	毛文錫	2	訴衷情	桃花流水漾縱橫	愁坐對雲屏	卷五	90～91
			訴衷情	鴛鴦交頸繡衣輕	何時解珮掩雲屏	卷五	91
8	牛希濟	1	臨江仙	渭闕宮城秦樹凋	世間屏障	卷五	93
9	歐陽炯	3	浣溪沙	落絮殘鶯半日天	獨掩畫屏愁不語	卷五	97
			浣溪沙	相間休言有淚珠	鳳屏鴛枕宿金鋪	卷五	97
			鳳樓捲	鳳髻綠雲叢	羅幌香冷粉屏空	卷六	106
10	和凝	3	山花子	銀字笙寒調正長	水紋簟冷畫屏涼	卷六	108
			河滿子	寫得魚箋無限	羨他長在屏帷	卷六	109
			春光好	紗窗暖	畫屏間	卷六	111

序	詞人	數量	詞牌	首句	用例句	卷數	頁碼
11	顧敻	22	虞美人	曉鶯啼破相思夢	翠翹傭整倚雲屏	卷六	113
			虞美人	翠屏閑掩垂珠箔	翠屏閑掩垂珠箔	卷六	114
			虞美人	碧梧桐映紗窗晚	小屏屈曲掩青山	卷六	114
			河傳	燕颺	小窗屏暖	卷六	116
			河傳	曲檻	醉眼疑屏障	卷六	116
			甘州子	一爐籠麝錦帷傍	屏掩映	卷六	117
			甘州子	紅爐深夜醉調笙	小屏古畫岸低平	卷六	118
			玉樓春	柳映玉樓春日晚	金粉小屏猶半掩	卷六	119
			玉樓春	拂水雙飛來去燕	曲檻小屏山六扇	卷六	120
			浣溪沙	春色迷人恨正賒	小屏狂夢極天涯	卷七	124
			浣溪沙	荷芰風輕簾幕香	小屏閒掩舊瀟湘	卷七	124
			浣溪沙	雲淡風高葉亂飛	深閨人靜掩屏帷	卷七	125
			酒泉子	楊柳舞風	錦屏寂寞思無窮	卷七	126
			酒泉子	羅帶縷金	畫屏敧	卷七	127
			酒泉子	水碧風清	小屏斜	卷七	128
			獻衷心	繡鴛鴦帳暖	孔雀畫屏敧	卷七	129
			應天長	瑟瑟羅裙金線縷	倚屏慵不語	卷七	130
			漁歌子	曉風輕	翠屏曲	卷七	133
			臨江仙	幽閨小檻春光暖	屏虛枕冷	卷七	134

序	詞人	數量	詞牌	首句	用例句	卷數	頁碼
11	顧敻	22	臨江仙	月色穿簾風入竹	倚屏雙黛愁時	卷七	135
			醉公子	漠漠秋雲淡	枕欹小山屏	卷七	135
			更漏子	舊歡娛	屏斜掩	卷七	136
12	孫光憲	4	浣溪沙	桃杏風香簾幕閒	小屏一枕酒醒山	卷七	136
			菩薩蠻	月華如水籠香砌	掩屏秋夢長	卷八	144
			菩薩蠻	曉庭花落無人掃	曉堂屏六扇	卷八	144
			酒泉子	曲檻小樓	展屏空對瀟湘水	卷八	150
13	魏承班	5	滿宮花	雪霏霏	愁見繡屏孤枕	卷九	165
			木蘭花	小芙蓉	倚屏拖袖愁如醉	卷九	165
			玉樓春	寂寂畫堂梁上燕	愁倚錦屏低雪面	卷九	166
			訴衷情	金風輕透碧窗紗	山掩小屏霞	卷九	167～168
			生查子	寂寞畫堂空	燈暗錦屏欹	卷九	168～169
14	鹿虔扆	3	臨江仙	無賴曉鶯驚夢斷	無語倚雲屏	卷九	170
			思越人	翠屏欹	翠屏欹	卷九	171
			虞美人	捲荷香淡浮煙渚	九疑黛色屏斜掩	卷九	172
15	閻選	2	臨江仙	十二高峯天外寒	翠屏猶掩金鸞	卷九	173
			浣溪沙	寂寞流蘇冷繡茵	倚屏山枕惹香塵	卷九	174

序	詞人	數量	詞牌	首句	用例句	卷數	頁碼
16	尹鶚	2	臨江仙	深秋寒夜銀河靜	依稀暗背銀屏	卷九	175
			杏園芳	嚴妝嫩臉花明	入雲屏	卷九	176
17	毛熙震	10	浣溪沙	花榭香紅煙景迷	翠屏十二晚峯齊	卷九	177～178
			浣溪沙	一隻橫釵墜鬢叢	小屏香靄碧山重	卷九	178
			浣溪沙	半醉凝情臥繡茵	錦屏綃幌麝煙燻	卷九	179
			臨江仙	幽閨欲曙聞鶯囀	猶照倚屏箏	卷九	180
			更漏子	煙月寒	綉屏空	卷九	181
			小重山	梁燕雙飛畫閣前	倚屏啼玉著	卷十	187
			木蘭花	掩朱扉	畫屏幽	卷十	188
			酒泉子	閒臥綉帷	暮天屏上春山碧	卷十	189
			菩薩蠻	梨花滿院飄香雪	屏掩斷香飛	卷十	189～190
			菩薩蠻	天寒殘碧融春色	寂寞對屏山	卷十	190
18	李珣	5	浣溪沙	紅藕花香到檻頻	翠叠畫屏山隱隱	卷十	191～192
			漁歌子	荻花秋	橘洲佳景如屏畫	卷十	192
			臨江仙	鶯報簾前暖日紅	屏畫九疑峯	卷十	194
			酒泉子	雨漬花零	掩銀屏	卷十	199
			望遠行	露滴幽庭落葉時	屏半掩	卷十	200

附錄 1-6：「帷・帳」之例句

序	詞人	數量	詞牌	首句	用例句	卷數	頁碼
1	溫庭筠	6	歸國遙	雙臉	錦帳繡帷斜掩	卷一	8
			南歌子	懶拂鴛鴦枕	羅帳罷燻爐	卷一	15
			女冠子	霞帔雲髮	含羞下繡帷	卷一	16
			清平樂	上陽春晚	鳳帳鴛被徒燻	卷二	21
			遐方怨	凭繡檻	解羅帷	卷二	21
			訴衷情	鶯語花舞春畫舞	鳳凰帷	卷二	22
2	皇甫松	0					
3	韋莊	1	歸國遙	金翡翠	羅幕繡帷鴛被	卷二	33
4	薛昭蘊	1	離別難	賽馬曉鞴雕鞍	羅帷乍別情難	卷三	53～54
5	牛嶠	5	女冠子	錦江煙水	綉帶芙蓉帳	卷四	61
			女冠子	雙飛雙舞	捲羅帷	卷四	62
			應天長	雙眉淡薄藏心事	寶帳鴛鴦春睡美	卷四	64
			望江怨	東風急	羅帷愁獨入	卷四	65
			菩薩蠻	玉釵風動春幡急	綉帳鴛鴦睡	卷四	66
6	張泌	2	浣溪沙	翡翠屏開綉幄紅	錦帷鴛被宿香濃	卷四	71
			浣溪沙	枕帳燻爐閣綉帷	枕帳燻爐閣綉帷	卷四	71
7	毛文錫	2	贊浦子	錦帳添香睡	錦帳添香睡	卷五	85
			戀情深	滴滴銅壺寒漏咽	寶帳欲開慵起	卷五	90
8	牛希濟	1	臨江仙	峭碧參差十二峯	金爐珠帳	卷五	93

序	詞人	數量	詞牌	首句	用例句	卷數	頁碼
9	歐陽炯	0					
10	和凝	2	河滿子	寫得魚箋無限	羨他長在屏帷	卷六	109
			薄命女	天欲曉	夢斷錦帷空悄悄	卷六	109
11	顧敻	17	虞美人	觸簾風送景陽鍾	曉帷初捲冷煙濃	卷六	113
			虞美人	碧梧桐映紗窗晚	翠帷香粉玉爐寒	卷六	114
			河傳	燕颺	綉帷香斷金鸂鶒	卷六	116
			甘州子	一爐籠麝錦帷傍	一爐龍麝錦帷傍	卷六	117
			玉樓春	月照玉樓春漏促	背帳猶殘紅蠟燭	卷六	119
			玉樓春	柳映玉樓春日晚	香滅綉帷人寂寂	卷六	119
			浣溪沙	紅藕香寒翠渚平	寶帳玉爐殘麝冷	卷七	124
			浣溪沙	荷芰風輕簾幕香	恨入空帷獨鷥影	卷七	124
			浣溪沙	庭菊飄黃玉露濃	背帳風搖紅蠟滴	卷七	125
			浣溪沙	雲淡風高葉亂飛	深閨人靜掩屏帷	卷七	125
			浣溪沙	雁響遙天玉漏清	翠帷金鴨炷香平	卷七	126
			酒泉子	小檻日斜	翠帷閒掩舞雙鸞	卷七	127
			酒泉子	掩卻菱花	銀燈背帳夢方酣	卷七	128
			酒泉子	水碧風清	帳深枕膩炷沉煙	卷七	128

序	詞人	數量	詞牌	首句	用例句	卷數	頁碼
11	顧夐	17	楊柳枝	秋夜香閨思寂寥	鴛帷羅幌麝煙銷	卷七	129
			獻衷心	綉鴛鴦帳暖	綉鴛鴦帳暖	卷七	129～130
			荷葉杯	歌發誰家筵上	蘭釭背帳月當樓	卷七	131
12	孫光憲	1	臨江仙	霜拍井梧乾葉墮	翠帷雕檻初寒	卷八	149
13	魏承斑	2	滿宮花	雪霏霏	羅帳香帷鴛寢	卷九	165
			訴衷情	高歌宴罷月初盈	羅帳裊香平	卷九	166～167
14	鹿虔扆	0					
15	閻選	1	臨江仙	楚腰蠐領團香玉	水紋簟映青紗帳	卷九	172～173
16	尹鶚	0					
17	毛熙震	6	臨江仙	幽閨欲曙聞鶯囀	隔帷殘燭	卷九	180
			河滿子	無言殘妝淡薄	雲母帳中偷惜	卷十	186
			小重山	梁燕雙飛畫閣前	紅羅帳	卷十	187
			木蘭花	掩朱扉	寶帳慵燻蘭麝薄	卷十	188
			酒泉子	閒臥綉帷	閒臥綉帷	卷十	189
			菩薩蠻	梨花滿院飄香雪	斜月照簾帷	卷十	189～190
18	李珣	1	望遠行	露滴幽庭落葉時	入窗明月鑒空帷	卷十	200

附錄二：《花間集》細微化之用例數與例句

附錄 2-1：「小」之例句

序	詞人	數量	詞牌	首句	用例句	卷數	頁碼
1	溫庭筠	9	菩薩蠻	小山重疊金明滅	小山重疊金明滅	卷一	1
			菩薩蠻	滿宮明月梨花白	小園芳草綠	卷一	4
			歸國遙	雙臉	小鳳戰篦金颭艷	卷一	8
			酒泉子	日映紗窗	金鴨小屏山碧	卷一	9
			酒泉子	楚女不歸	樓枕小河春水	卷一	9
			楊柳枝	蘇小門前柳萬條	蘇小門前柳萬條	卷一	12
			河傳	同伴	小娘	卷二	24
			荷葉杯	鏡水夜來秋月	小娘紅粉對寒浪	卷二	25
			荷葉杯	楚女欲歸南浦	小船搖漾入花裏	卷二	26

序	詞人	數量	詞牌	首句	用例句	卷數	頁碼
2	皇甫松	1	採蓮子	菡萏香連十頃陂	小姑貪戲採蓮遲	卷二	29
3	韋莊	5	浣溪沙	惆悵夢餘山月斜	小樓高閣謝娘家	卷二	30
			清平樂	野花芳草	小窗風觸鳴琴	卷二	35～36
			天仙子	暢望前回夢裡期	露桃花裏小腰肢	卷三	42
			更漏子	鐘鼓寒	小庭空	卷三	47
			木蘭花	獨上小樓春欲暮	獨上小樓春欲暮	卷三	48
4	薛昭蘊	1	相見歡	羅襦繡袂香紅	小屏風	卷三	54
			醉公子	慢綰青絲髮	床上小燻籠	卷三	54
5	牛嶠	6	柳枝	吳王宮裏色偏深	不憤錢塘蘇小小	卷三	56
			女冠子	綠雲高髻	低聲唱小詞	卷四	61
			女冠子	錦江煙水	小檀霞	卷四	61
			菩薩蠻	柳花飛處鶯聲急	金鳳小簾開	卷四	66
			玉樓春	春入橫塘搖淺浪	花落小園空惆悵	卷四	68
			玉樓春	春入橫塘搖淺浪	小玉窗前嗔燕語	卷四	68
6	張泌	8	浣溪沙	馬上凝情憶舊游	照花煙竹小溪流	卷四	70
			浣溪沙	獨立寒堦望月華	露濃香泛小庭花	卷四	70
			浣溪沙	翡翠屏開繡幄紅	微雨小庭春寂寞	卷四	71
			浣溪沙	偏戴花冠白玉簪	小檻日斜風悄悄	卷四	72

序	詞人	數量	詞牌	首句	用例句	卷數	頁碼
6	張泌	8	浣溪沙	小市東門欲雪天	小市東門欲雪天	卷四	73
			酒泉子	春雨打窗	紅斂小	卷四	74～75
			江城子	碧欄干外小中庭	碧欄干外小中庭	卷五	80
			江城子	浣花溪上見卿卿	金簇小蜻蜓	卷五	80
7	毛文錫	1	虞美人	寶檀金縷鴛鴦枕	夕陽低映小窗明	卷五	82
8	牛希濟	1	生查子	春山煙欲收	天淡稀星小	卷五	96
9	歐陽炯	3	南鄉子	翡翠鵁鶄	白蘋香裏小沙汀	卷五	104
			獻衷心	見花好顏色	閉小樓深閣	卷六	104
			鳳樓卷	鳳髻綠雲叢	小樓中	卷六	106
10	和凝	4	臨江仙	海棠香老春江晚	小樓霧穀涳濛	卷六	107
			河滿子	寫得魚箋無限	卻愛燻香小鴨	卷六	109
			薄命女	天欲曉	強起愁眉小	卷六	109
			春光好	紗窗暖	小眉彎	卷六	111
11	顧敻	23	虞美人	翠屏閑掩垂珠箔	小金鸂鶒沉煙細	卷六	114
			虞美人	碧梧桐映紗窗晚	小屏屈曲掩青山	卷六	114
			虞美人	少年艷質勝瓊英	翠靨眉心小	卷六	115
			河傳	燕颺	小窗屏暖	卷六	116
			河傳	棹舉	小爐香欲焦	卷六	117
			甘州子	露桃花裏小樓深	露桃花裏小樓深	卷六	118

序	詞人	數量	詞牌	首句	用例句	卷數	頁碼
			甘州子	紅爐深夜醉調笙	小屏古畫岸低平	卷六	118
			玉樓春	柳映玉樓春日晚	金粉小屏猶半掩	卷六	119
			玉樓春	拂水雙飛來去燕	曲檻小屏山六扇	卷六	120
			浣溪沙	春色迷人恨正賒	小屏狂夢極天涯	卷七	124
			浣溪沙	紅藕香寒翠渚平	小窗孤獨淚縱橫	卷七	124
			浣溪沙	荷芰風輕簾幕香	小屏閒掩舊瀟湘	卷七	124
			浣溪沙	雲淡風高葉亂飛	小庭寒雨綠苔微	卷七	125
			浣溪沙	雁響遙天玉漏清	小紗窗外月朧明	卷七	126
11	顧敻	23	酒泉子	小檻日斜	小檻日斜	卷七	127
			酒泉子	黛薄紅深	小鴛鴦	卷七	127
			酒泉子	水碧風清	小屏斜	卷七	128
			獻衷心	繡鴛鴦帳暖	小爐煙細	卷七	129～130
			荷葉杯	春盡小庭花落	春盡小庭花落	卷七	131
			荷葉杯	金鴨香濃鴛被	小髻簇花鈿	卷七	132～133
			臨江仙	碧染長空池似鏡	小窗明	卷七	134
			臨江仙	幽閨小檻春光晚	幽閨小檻春光晚	卷七	134
			醉公子	漠漠秋雲淡	枕倚小山屏	卷七	135

序	詞人	數量	詞牌	首句	用例句	卷數	頁碼
12	孫光憲	7	菩薩蠻	小庭花落無人掃	小庭花落無人掃	卷八	144
			菩薩蠻	木棉花映叢祠小	木棉花映叢祠小	卷八	145
			河瀆神	汾水碧依依	小殿沉沉青夜	卷八	145
			生查子	寂寞掩朱門	暗淡小庭中	卷八	148
			酒泉子	曲檻小樓	曲檻小樓	卷八	150
			酒泉子	斂態窗前	玉纖淡拂眉山小	卷八	150
			竹枝	門前春水白蘋花	岸上無人小艇斜	卷八	155
13	魏承斑	3	木蘭花	小芙蓉	小芙蓉	卷九	165
			訴衷情	春深花簇小樓臺	春深花簇小樓臺	卷九	167
			訴衷情	金風輕透碧窗紗	山掩小屏霞	卷九	167〜168
			訴衷情	春情滿眼臉紅綃	星靨小	卷九	168
14	鹿虔扆	0					
15	閻選	2	虞美人	粉融紅膩蓮房綻	小魚銜玉鬢釵橫	卷九	172
			浣溪沙	寂寞流蘇冷繡茵	小庭花露泣濃春	卷九	174
16	尹鶚	1	臨江仙	一番荷芰生池沼	金鎖小蘭房	卷九	175
17	毛熙震	7	浣溪沙	春暮黃鶯下砌前	水晶簾影露珠懸	卷九	177
			浣溪沙	一隻橫釵墜髻叢	小屏香靄碧山重	卷九	178
			女冠子	修蛾慢臉	小山妝	卷九	181

序	詞人	數量	詞牌	首句	用例句	卷數	頁碼
17	毛熙震	7	河滿子	寂寞芳菲暗度	小窗絃斷銀箏	卷十	186
			木蘭花	掩朱扉	臨小閣	卷十	188
			後庭花	越羅小袖新香蒨	越羅小袖新香蒨	卷十	188～189
			菩薩蠻	梨花滿院飄香雪	小窗燈影背	卷十	189～190
18	李珣	6	浣溪沙	晚出閒庭看海棠	小釵橫戴一枝芳	卷十	191
			漁歌子	荻花秋	小艇垂綸初罷	卷十	192
			臨江仙	簾捲池心小閣虛	簾捲池心小閣虛	卷十	194
			臨江仙	鶯報簾前暖日紅	小池一朵芙蓉	卷十	194
			南鄉子	歸路近	曲岸小橋山月過	卷十	195
			西溪子	金縷翠鈿浮動	妝罷小窗圓夢	卷十	201

附錄 2-2：「細」之例句

序	詞人	數量	詞牌	首句	用例句	卷數	頁碼
1	溫庭筠	9	菩薩蠻	翠翹金縷雙鸂鶒	水紋細起春池碧	卷一	2
			更漏子	柳絲長	春雨細	卷一	6
			酒泉子	花映柳條	窺細浪	卷一	9
			定西蕃	細雨曉鶯春曉	細雨曉鶯春曉	卷一	11
			南歌子	鬢墮低梳髻	連娟細掃眉	卷一	14
			南歌子	臉上金霞細	臉上金霞細	卷一	14
			番女怨	萬枝香雪開已遍	細雨雙燕	卷一	15
2	皇甫松	2	浪濤沙	蠻歌豆蔻北人愁	塞沙細細入江流	卷二	27
3	韋莊	5	清平樂	春愁南陌	細雨霏霏梨花白	卷二	35
			天仙子	惆悵前回夢裏朝	眉眼細	卷三	42
			木蘭花	獨上小樓春欲暮	卻斂細眉歸繡戶	卷三	48
4	薛昭蘊	2	喜遷鶯	金門曉	滿袖桂香風細	卷三	52
			相見歡	羅襦繡袂香紅	細草平沙番馬	卷三	54
5	牛嶠	0					
6	張泌	1	浣溪沙	鈿轂香車過柳堤	花滿驛亭香露細	卷四	70
7	毛文錫	0					
8	牛希濟	0					
9	歐陽炯	1	浣溪沙	相間休言有淚珠	蘭麝細香聞喘息	卷五	97

序	詞人	數量	詞牌	首句	用例句	卷數	頁碼
10	和凝	1	採桑子	蝤蠐領上訶梨子	叢頭鞋子紅編細	卷六	111
11	顧夐	14	虞美人	曉鶯啼破相思夢	香檀細畫侵桃臉	卷六	113
			虞美人	翠屏閑掩垂珠箔	小金鸂鶒沉煙細	卷六	114
			虞美人	深閨春色勞思想	凭欄愁立雙蛾細	卷六	115
			河傳	燕颺	碧流紋細	卷六	116
			玉樓春	月照玉樓春漏促	枕上兩蛾攢細綠	卷六	119
			玉樓春	柳映玉樓春日晚	雨細風輕煙草軟	卷六	119
			玉樓春	月皎露華窗影細	月皎露華窗影細	卷六	120
			浣溪沙	春色迷人恨正賒	細風清露著梨花	卷七	124
			酒泉子	水碧風清	入檻細香紅藕膩	卷七	128
			遐方怨	簾影細	簾影細	卷七	129
			獻衷心	繡鴛鴦帳暖	小爐煙細	卷七	129～130
			荷葉杯	金鴨香濃鴛被	腰如細柳臉如蓮	卷七	133
			臨江仙	碧染長空池似鏡	滿衣紅藕細香清	卷七	134
			臨江仙	幽閨小檻春光暖	風細雨霏霏	卷七	134
12	孫光憲	0					
13	魏承斑	0					
14	鹿虔扆	0					

序	詞人	數量	詞牌	首句	用例句	卷數	頁碼
15	閻選	1	八拍蠻	雲鎖嫩黃煙柳細	雲鎖嫩黃煙柳細	卷九	174
16	尹鶚	0					
17	毛熙震	1	浣溪沙	一隻橫釵墜鬢叢	羞斂細蛾魂暗斷	卷九	178
18	李珣	3	女冠子	春山夜靜	細霧垂珠珮	卷十	198
			酒泉子	秋雨聯綿	細和煙	卷十	199
			菩薩蠻	回塘波起波紋細	回塘波起波紋細	卷十	200～201

附錄 2-3：「微」之例句

序	詞人	數量	詞牌	首句	用例句	卷數	頁碼
1	溫庭筠	2	菩薩蠻	鳳凰相對盤金縷	牡丹一夜經微雨	卷一	3
			訴衷情	鶯語花舞春晝午	雨霏微	卷二	22
2	皇甫松	1	楊柳枝	春入行宮映翠微	春入行宮映翠微	卷二	27
3	韋莊	2	浣溪沙	欲上鞦韆四體慵	玉容憔悴惹微紅	卷二	30
			江城子	髻鬟狼藉黛眉長	星斗漸微茫	卷三	41
4	薛昭蘊	0					
5	牛嶠	0					
6	張泌	1	浣溪沙	翡翠屏開繡幄紅	微雨小庭春寂寞	卷四	71
7	毛文錫	2	贊成功	海棠未坼	昨夜微雨	卷五	83
			浣溪沙	七夕年年信不違	銀河清淺白雲微	卷五	89
8	牛希濟	1	臨江仙	柳帶搖風漢水濱	微笑自含春	卷五	95
9	歐陽炯	1	南鄉子	路入南中	兩岸人家微雨後	卷六	103
10	和凝	2	小重山	春日神京萬木芳	時時微雨洗風光	卷六	106
			臨江仙	披袍窣地紅宮錦	臉波微送春心	卷六	107
11	顧夐	10	虞美人	翠屏閒掩垂珠箔	淺眉微斂注檀輕	卷六	114
			河傳	棹舉	雨微	卷六	117
			玉樓春	月皎露華窗影細	博山爐冷水沉微	卷六	120

序	詞人	數量	詞牌	首句	用例句	卷數	頁碼
11	顧敻	10	浣溪沙	雲淡風高葉亂飛	小庭寒雨綠苔微	卷七	125
			浣溪沙	露白蟾明又到秋	記得泥人微斂黛	卷七	126
			酒泉子	黛怨紅羞	殘花微雨	卷七	128
			荷葉杯	夜久歌聲怨咽	菊冷露微微	卷七	132
			臨江仙	幽閨小檻春光暖	畫堂深處麝煙微	卷七	134
			更漏子	舊歡娛	晚霞微	卷七	130
12	孫光憲	7	浣溪沙	風遞殘香出繡簾	落花微雨恨相兼	卷七	138
			浣溪沙	烏帽斜欹倒佩魚	將見客時微掩斂	卷七	139
			虞美人	好風微揭簾旌起	好風微揭簾旌起	卷八	146～147
			風流子	樓倚長衢欲暮	微傅粉	卷八	152
			思帝鄉	如何	微行曳碧波	卷八	156
13	魏承斑	0					
14	鹿虔扆	1	臨江仙	無賴曉鶯驚夢斷	暮天微雨灑閒庭	卷九	170
15	閻選	1	虞美人	楚腰蠐領團香玉	月娥星眼笑微顰	卷九	173
16	尹鶚	0					
17	毛熙震	3	臨江仙	幽閨欲曙聞鶯囀	紅窗月影微明	卷九	180
			清平樂	春光欲暮	玉爐煙斷香微	卷九	182
			酒泉子	鈿匣舞鸞	曉花微斂輕呵展	卷十	189

序	詞人	數量	詞牌	首句	用例句	卷數	頁碼
18	李珣	4	浣溪沙	訪舊傷離欲斷魂	六街微雨縷香塵	卷十	191
			南鄉子	漁市散	越南雲樹望中微	卷十	197
			菩薩蠻	隔簾微雨雙飛燕	隔簾微雨雙飛燕	卷十	201
			河傳	春暮	微雨	卷十	203

附錄 2-4:「輕」之例句

序	詞人	數量	詞牌	首句	用例句	卷數	頁碼
1	溫庭筠	6	菩薩蠻	杏花含露團香雪	鏡中蟬鬢輕	卷一	3
			菩薩蠻	鳳凰相對盤金縷	鬢輕雙臉長	卷一	3
			菩薩蠻	南園滿地堆輕絮	南園滿地堆輕絮	卷一	5
			女冠子	含嬌含笑	輕紗捲碧烟	卷一	16
			女冠子	霞雲帔髮	遮語回輕扇	卷一	16
			遐方怨	花半坼	繡羅輕	卷二	22
2	皇甫松	0					
3	韋莊	6	河傳	何處	輕雲裏	卷三	41
			河傳	春晚	尋勝馳驟輕塵	卷三	41～42
			河傳	錦浦	露薄雲輕	卷三	45
			訴衷情	燭燼香殘簾半捲	輕輕	卷三	42
			酒泉子	月落星沉	柳煙輕	卷三	48
4	薛昭蘊	4	浣溪沙	握手河橋柳似金	蜂鬚輕惹百花心	卷三	50
			浣溪沙	簾下三間出寺牆	嫩紅輕翠間濃妝	卷三	50
			喜遷鶯	殘蟾落	羽化覺身輕	卷三	52
			喜遷鶯	金門曉	駿馬驟輕煙	卷三	52
			相見歡	羅襦繡袂香紅	暮雨輕煙	卷三	54
5	牛嶠	1	夢江南	含泥燕	體輕唯有主人憐	卷四	62

序	詞人	數量	詞牌	首句	用例句	卷數	頁碼
6	張泌	5	浣溪沙	偏戴花冠白玉簪	斷香輕碧鎖愁深	卷四	72
			浣溪沙	晚逐香車入鳳城	東風斜揭繡簾輕	卷四	72
			滿宮花	花正芳	嬌豔輕盈香雪膩	卷四	76
			江城子	浣花溪上見卿卿	黛眉輕	卷五	80
			河瀆神	古樹噪寒鴉	畫燈當午隔輕紗	卷五	81
7	毛文錫	6	虞美人	寶檀金縷鴛鴦枕	滿地飄輕絮	卷五	82
			柳含烟	御溝柳	有時倒影礁輕羅	卷五	88
			浣沙溪	春水輕波浸綠苔	春水輕波浸綠苔	卷五	89
			訴衷情	鴛鴦交頸繡衣輕	鴛鴦交頸繡衣輕	卷五	91
			應天長	平江波暖鴛鴦語	羅袂從風輕舉	卷五	91
			巫山一段雲	雨齋巫山上	雲輕映碧天	卷五	92
8	牛希濟	4	臨江仙	素洛春光瀲灩平	凌波羅襪勢輕輕	卷五	94
			臨江仙	柳帶搖風漢水濱	輕步暗移蟬鬢動	卷五	95
			臨江仙	柳帶搖風漢水濱	羅裙風惹輕塵	卷五	95
			中興樂	池塘暖碧浸晴暉	濛濛柳絮輕飛	卷五	96
9	歐陽炯	1	賀明朝	憶昔花間初識面	妝臉輕轉	卷五	104

序	詞人	數量	詞牌	首句	用例句	卷數	頁碼
10	和凝	6	臨江仙	披袍窣地紅宮錦	鶯語時囀輕音	卷六	107
			菩薩蠻	越梅半坼輕寒裏	越梅半坼輕寒裏	卷六	108
			山花子	鶯錦蟬縠馥麝臍	輕裾花早曉煙迷	卷六	108
			天仙子	柳色批衫金縷鳳	纖手輕輾紅豆弄	卷六	110
			春光好	蘋葉軟	畫船輕	卷六	111
			漁父	白芷汀寒立鷺鷥	蘋風輕剪浪花時	卷六	113
11	顧夐	14	虞美人	曉鶯啼破相思夢	羅袂輕輕斂	卷六	113
			虞美人	翠屏閑掩垂珠箔	淺眉微斂注檀輕	卷六	114
			虞美人	碧梧桐映紗窗晚	顛狂少年輕離別	卷六	114
			虞美人	深閨春色勞思想	杏枝如畫倚輕煙	卷六	115
			虞美人	少年艷質勝瓊英	飄飄羅袖碧雲輕	卷六	115
			甘洲子	紅爐深夜醉調笙	玉纖輕	卷六	118
			玉樓春	柳映玉樓春日晚	雨細風輕煙草軟	卷六	119
			浣溪沙	春色迷人恨正賒	細風輕露著梨花	卷七	124
			浣溪沙	荷芰風輕簾幕香	荷芰風輕簾幕香	卷七	124
			酒泉子	楊柳舞風	輕惹春煙殘雨	卷七	126

序	詞人	數量	詞牌	首句	用例句	卷數	頁碼
11	顧敻	14	遐方怨	簾影細	縷金羅扇輕	卷七	129
			應天長	瑟瑟羅裙金線縷	輕透鵝黃香畫袴	卷七	130
			臨江仙	碧染長空池似鏡	博山爐暖淡煙輕	卷七	134
12	孫光憲	7	浣溪沙	輕打銀箏墜燕泥	輕打銀箏墜燕泥	卷七	138
			河傳	花落	翠蛾輕斂意沉吟	卷七	140
			菩薩蠻	月華如水籠香砌	碧煙輕裊裊	卷八	144
			後庭花	景陽鐘動宮鶯囀	輕颭吹起瓊花旋	卷八	147
			女冠子	蕙風之露	壇際殘香輕度	卷八	152
			定西番	雞祿山前遊騎	馬蹄輕	卷八	152
12	孫光憲	7	謁金門	留不得	輕別離	卷八	157
13	魏承班	3	玉樓春	輕斂翠蛾呈皓齒	輕斂翠蛾呈皓齒	卷九	166
			訴衷情	高歌宴罷月初盈	水流輕	卷九	166～167
			訴衷情	金風輕透碧窗紗	金風輕透碧窗紗	卷九	167～168
14	鹿虔扆	1	虞美人	捲荷香淡浮煙渚	象床珍簟冷光輕	卷九	172
15	閻選	2	虞美人	粉融紅膩蓮房綻	石榴裙染象紗輕	卷九	172
			臨江仙	十二高峯天外寒	竹梢輕拂仙壇	卷九	173
16	尹鶚	1	杏園芳	嚴妝嫩臉花明	含羞舉步越羅輕	卷九	176

序	詞人	數量	詞牌	首句	用例句	卷數	頁碼
17	毛熙震	14	浣溪沙	春暮黃鶯下砌前	惹風飄蕩散輕煙	卷九	177
			浣溪沙	碧玉冠輕裊燕釵	碧玉冠輕裊燕釵	卷九	179
			臨江仙	幽閨欲曙聞鶯囀	炷香斜裊煙輕	卷九	180
			女冠子	修蛾慢臉	纖手輕輕整	卷九	181
			南歌子	遠山愁黛碧	膩香紅玉茜羅輕	卷九	182
			南歌子	惹恨還添恨	晚來輕步出閨房	卷九	182
			河滿子	寂寞芳菲暗度	滿園閒落花輕	卷十	186
			河滿子	無語殘妝淡薄	含羞斂袂輕盈	卷十	186
			後庭花	輕盈舞妓含芳豔	輕盈舞妓含芳豔	卷十	188
			後庭花	越羅小袖新香蒨	倚欄無語搖輕扇	卷十	188~189
			菩薩蠻	繡簾高軸臨塘看	輕風渡水香	卷十	189~190
			酒泉子	鈿匣舞鸞	曉花微斂輕呵展	卷十	189
			菩薩蠻	繡簾高軸臨塘看	輕風渡水香	卷十	190
18	李珣	4	漁歌子	柳垂絲	棹輕舟	卷十	192
			南鄉子	傾綠蟻	避暑信船輕浪裏	卷十	196
			南鄉子	河月靜	水煙輕	卷十	196~197
			女冠子	春山夜靜	輕煙曳翠裾	卷十	198

附錄三：《花間集》激情化之用例數與例句

附錄 3-1：「恨」之例句

序	詞人	數量	詞牌	首句	用例句	卷數	頁碼
1	溫庭筠	6	菩薩蠻	竹風輕洞庭蝶冷	春恨正關情	卷一	6
			南歌子	轉盼如波眼	恨春宵	卷一	14
			女冠子	霞披雲鬢	花洞恨來遲	卷一	16
			夢江南	千萬恨	千萬恨	卷一	23
			夢江南	千萬恨	恨極在天涯	卷一	23
			番女怨	磧南沙上驚雁起	畫樓離恨錦屏空	卷二	25
2	皇甫松	0					
3	韋莊	5	浣溪沙	清曉妝成寒食天	含羞不語恨春殘	卷二	29～30
			菩薩蠻	洛陽城裡春光好	凝恨對殘暉	卷二	32～33
			歸國遙	春欲暮	恨無雙翠羽	卷二	33

序	詞人	數量	詞牌	首句	用例句	卷數	頁碼
3	韋莊	5	望遠行	欲別無言倚畫屏	含恨暗傷情	卷三	36
			天仙子	夢覺雲屏依舊空	恨重重	卷三	43
4	薛昭蘊	4	浣溪沙	粉上依稀有淚痕	遠情深恨與誰論	卷三	50
			浣溪沙	江館清秋纜客船	不堪離恨咽湘絃	卷三	51
			浣溪沙	傾國傾城恨有餘	傾國傾城恨有餘	卷三	51
			浣溪沙	越女淘金春水上	只應含恨向斜陽	卷三	51
5	牛嶠	3	柳枝	橋北橋南千萬條	恨伊張緒不相饒	卷三	56
			菩薩蠻	柳花飛處鶯聲急	臉波和恨來	卷四	66
			玉樓春	春入橫塘搖淺浪	恨翠愁紅流枕上	卷四	68
6	張泌	1	浣溪沙	翡翠屏開繡幄紅	杏花凝恨倚東風	卷四	71
7	毛文錫	6	更漏子	春夜闌	春恨切	卷五	84
			紗窗恨	新春燕子還來至	恨依依	卷五	86
			醉花間	休相問	相問還添恨	卷五	88
			浣溪沙	七夕年年信不違	每恨蟋蛄憐娶女	卷五	89
			訴衷情	桃花流水漾縱橫	惆悵恨難平	卷五	90～91
			河滿子	紅粉樓前月照	恨對百花時節	卷五	91～92
8	牛希濟	2	臨江仙	渭闕宮城秦樹凋	調清和恨	卷五	93～94

序	詞人	數量	詞牌	首句	用例句	卷數	頁碼
8	牛希濟	2	中興樂	池塘暖碧浸晴暉	恨郎拋擲	卷五	96
9	歐陽炯	3	浣溪沙	相見休言有淚珠	此時還恨薄情無	卷五	97
			獻衷心	見好花顏色	偏有恨	卷六	104
			獻衷心	見好花顏色	恨不如雙燕	卷六	104
10	和凝	1	菩薩蠻	越梅半坼輕寒裏	離恨又迎春	卷六	108
11	顧敻	16	虞美人	曉鶯啼破相思夢	佳期堪恨難再尋	卷六	113
			虞美人	觸簾風送景陽鐘	恨悠揚	卷六	113
			虞美人	深閨春色勞思想	恨共春蕪長	卷六	115
			虞美人	少年艷質勝瓊英	此時恨不駕鴛鳳	卷六	116
			河傳	棹舉	天涯離恨江聲咽	卷六	117
			玉樓春	柳映玉樓春日晚	恨郎何處縱疏狂	卷六	119
			浣溪沙	春色迷人恨正賒	春色迷人恨正賒	卷七	124
			浣溪沙	荷芰風輕簾幕香	恨入空帷鸞影獨	卷	124
			酒泉子	羅帶縷金	恨難任	卷七	127
			酒泉子	黛薄紅深	恨難任	卷	127
			酒泉子	掩卻菱花	恨厭厭	卷七	128
			酒泉子	水碧風清	恨無涯	卷七	128
			遐方怨	簾影細	教人怎不恨無情	卷七	129
			獻衷心	繡鴛鴦帳暖	恨今日分離	卷七	129～130

序	詞人	數量	詞牌	首句	用例句	卷數	頁碼
11	顧敻	16	荷葉杯	歌發誰家筵上	別恨正悠悠	卷七	131
			臨江仙	月色穿簾風入竹	如啼恨臉	卷七	135
12	孫光憲	7	浣溪沙	半踏長裾宛約行	此時勘恨昧平生	卷七	137
			浣溪沙	風遞殘香出繡簾	落花微雨恨相兼	卷七	138
			生查子	金井墮高梧	幽恨將誰說	卷八	148
			臨江仙	霜柏井梧乾葉墮	離愁別恨千般	卷八	149
			酒泉子	曲檻小樓	恨沉沉	卷八	150
			清平樂	等閒無語	長恨朱門薄暮	卷八	151
			思越人	古臺平	翠黛空留千載恨	卷八	157
13	魏承班	7	訴衷情	高歌宴罷月初盈	詩情引恨情	卷九	166～167
			訴衷情	高歌宴罷月初盈	恨頻生	卷九	166～167
			訴衷情	金風輕透碧窗紗	恨何賒	卷九	167～168
			訴衷情	春情滿眼臉紅綃	恨迢迢	卷九	168
			生查子	煙雨晚晴天	有恨和情撫	卷九	168
			生查子	寂寞畫堂空	愁恨夢難成	卷九	168～169
			黃鐘樂	池塘煙暖草萋萋	含恨愁坐	卷九	169
14	鹿虔扆	0					

序	詞人	數量	詞牌	首句	用例句	卷數	頁碼
15	閻選	3	虞美人	楚腰蠐領團香玉	恨忡忡	卷九	173
			臨江仙	雨停荷芰逗濃香	欲凭危檻恨偏長	卷九	173
			八拍蠻	雲鎖嫩黃煙柳細	光景不勝閨閣恨	卷九	174
16	尹鶚	2	臨江仙	深秋寒夜銀河靜	特地恨難平	卷九	175～176
			滿宮花	月沉沉	離恨多		176
17	毛熙震	5	浣溪沙	雲薄羅裙綬帶長	忍教牽恨暗形相	卷九	178～179
			南歌子	惹恨還添恨	惹恨還添恨	卷九	182
			河滿子	無語殘妝淡薄	相望只教添悵恨	卷十	186
			木蘭花	掩朱扉	恨檀郎	卷十	187～188
18	李珣	5	浣溪沙	入夏偏宜淡薄粧	相見無言還有恨	卷十	190～191
			臨江仙	簾捲池心小閣虛	離情別恨	卷十	194
			望遠行	春日遲遲思寂寥	柳絲牽恨一條條	卷十	200
			菩薩蠻	等閒將度三春景	恨君容易處	卷十	201
			河傳	去去	恨應同	卷十	102

附錄 3-2：「負」之例句

序	詞人	數量	詞牌	首句	用例句	卷數	頁碼
1	溫庭筠	0					
2	皇甫松	0					
3	韋莊	1	訴衷情	燭燼香殘簾半捲	負春情	卷三	45
4	薛昭蘊	0					
5	牛嶠	1	更漏子	春夜闌	辜負我	卷四	64
6	張泌	0					
7	毛文錫	0					
8	牛希濟	0					
9	歐陽炯	2	三字令	春欲遲	負佳期	卷五	98
			賀明朝	憶昔花間相見後	辜負春畫	卷六	105
10	和凝	0					
11	顧敻	7	虞美人	曉鶯啼破相思夢	負春心	卷六	113
			虞美人	碧梧桐映紗窗晚	辜負春時節	卷六	114
			浣溪沙	雲淡風高葉亂飛	那勘辜負不思歸	卷七	125
			酒泉子	水碧風清	負當年	卷七	128
			遐方怨	簾影細	玉郎經歲負娉婷	卷七	129
			訴衷情	香滅簾垂春漏永	負春心	卷七	130
			臨江仙	月色穿簾風入竹	可勘辜負前期	卷七	135
12	孫光憲	0					
13	魏承斑	0					
14	鹿虔扆	0					

序	詞人	數量	詞牌	首句	用例句	卷數	頁碼
15	閻選	0					
16	尹鶚	0					
17	毛熙震	0					
18	李珣	1	望遠行	露滴幽庭落葉時	玉郎一去負佳期	卷十	200

附錄 3-3：「狂」之例句

序	詞人	數量	詞牌	首句	用例句	卷數	頁碼
1	溫庭筠	1	酒泉子	羅帶惹香	柳花狂	卷一	10
2	皇甫松	0					
3	韋莊	1	河傳	春晚	狂殺遊人	卷二	41
4	薛昭蘊	0					
5	牛嶠	3	柳枝	狂雪隨風撲馬飛	狂雪隨風撲馬飛	卷三	56
			玉樓春	春入橫塘搖淺浪	此情誰信為狂夫	卷四	68
			江城子	極浦煙消水鳥飛	狂雪任風吹	卷四	69
6	張泌	2	浣溪沙	晚香逐車入鳳城	依稀聞道太狂生	卷四	72
			南歌子	錦薦紅鸂鶒	綺疏飄雪北風狂	卷四	77
7	毛文錫	0					
8	牛希濟	1	臨江仙	江繞黃陵春廟間	須知狂客	卷五	94
9	歐陽炯	0					
10	和凝	2	小重山	春入神京萬木芳	蝶飛狂	卷六	106
			菩薩蠻	越梅半坼輕寒裏	遊絲狂惹風	卷六	108
11	顧敻	11	虞美人	翠屏閑掩垂珠箔	謝娘嬌極不成狂	卷六	114
			虞美人	碧梧桐映紗窗晚	顛狂少年輕別離	卷六	114
			河傳	曲檻	為花須盡狂	卷六	116

11	顧夐	11	玉樓春	柳映玉樓春日晚	恨郎何處縱疏狂	卷六	119
			玉樓春	月皎露華窗影細	無計奈他狂	卷六	120
			浣溪沙	春色迷人恨正賒	小屏狂夢極天涯	卷七	131
			荷葉杯	弱柳好花盡拆	狂麼狂	卷七	132
			荷葉杯	弱柳好花盡拆	狂麼狂疊	卷七	132
			臨江仙	幽閨小檻春光暖	何事狂夫音信斷	卷七	134
12	孫光憲	5	浣溪沙	風遞殘香出繡簾	何處去來狂太甚	卷七	138
			河傳	風颭	大堤狂殺襄陽客	卷七	140
			生查子	暖日策花驄	狂殺玉鞭郎	卷八	148
			清平樂	等閒無語	終是疏狂留不住	卷八	151
12	孫光憲	5	浣溪沙	風遞殘香出繡簾	何處去來狂太甚	卷八	156
13	魏承斑	1	滿宮花	雪霏霏	玉郎何處狂飲	卷九	165
14	鹿虔扆	0					
15	閻選	0					
16	尹鶚	0					
17	毛熙震	1	南歌子	惹恨還添恨	縱猖狂	卷九	182
18	李珣	0					

附錄四：顧敻作品見錄於歷代選本一覽表

顧敻詞見錄歷代選本一覽表	序列	1	2	3	4	5	6	7	8
	詞調	虞美人	虞美人	虞美人	虞美人	虞美人	虞美人	河傳	河傳
	首句	曉鶯啼破相思夢	觸簾風送景陽鍾	翠屏閑掩垂珠箔	碧梧桐映紗窗晚	深閨春色勞思想	少年艷質勝瓊英	燕颺	曲檻
統計		4	6	2	3	5	3	10	9
排名		10	8	12	11	9	11	4	5
宋編詞選	唐宋諸賢絕妙詞選								
明編詞選	詞林萬選								
	百琲明珠								
	花草粹編				✓	✓	✓	✓	✓
	唐詞紀	✓	✓	✓	✓	✓	✓	✓	✓
	唐宋元明酒詞								
	詞的								
	古今詞統					✓		✓	✓
	古今詩餘醉					✓			
明編詞譜	詩餘圖譜								
	文體明辨附錄·詩餘								
	嘯餘譜	✓						✓	✓
清編詞選	歷代詩餘	✓	✓	✓	✓	✓	✓	✓	✓
	自怡軒詞選	✓							
	詞綜							✓	

顧敻詞見錄歷代選本一覽表	序列	1	2	3	4	5	6	7	8
	詞調	虞美人	虞美人	虞美人	虞美人	虞美人	虞美人	河傳	河傳
	首句	曉鶯啼破相思夢	觸簾風送景陽鍾	翠屏閑掩垂珠箔	碧梧桐映紗窗晚	深閨春色勞思想	少年艷質勝瓊英	燕颺	曲檻
	古今詞選								
	清綺軒詞選								
	詞則·別調集								
	詞則·閑情集								
	湘綺樓詞選								
	唐五代詞選							✓	
	藝蘅館詞選								
清編詞譜	填詞圖譜							✓	✓
	詞律							✓	✓
	詞律拾遺		✓				✓		
	欽定詞譜		✓				✓	✓	✓
	詞繫		✓				✓		✓
	天籟軒詞譜								
	碎金詞譜		✓						

顧夐詞見錄歷代選本一覽表		序列	9	10	11	12	13	14	15	16
		詞調	河傳	甘州子	甘州子	甘州子	甘州子	甘州子	玉樓春	玉樓春
		首句	棹舉	一爐籠麝錦帷傍	每逢清夜與良辰	曾如劉阮訪仙蹤	露桃花裏小樓深	紅爐深夜醉調笙	月照玉樓春漏促	柳映玉樓春日晚
統計			11	6	5	6	4	5	12	3
排名			3	8	9	8	10	9	2	11
宋編詞選	唐宋諸賢絕妙詞選		✓							
明編詞選	詞林萬選			✓	✓	✓	✓			
	百琲明珠									
	花草粹編			✓	✓	✓			✓	✓
	唐詞紀		✓	✓	✓	✓	✓	✓	✓	✓
	唐宋元明酒詞									
	詞的									
	古今詞統		✓						✓	
	古今詩餘醉									
明編詞譜	詩餘圖譜			✓						
	文體明辨附錄·詩餘				✓	✓			✓	
	嘯餘譜		✓		✓	✓			✓	
清編詞選	歷代詩餘		✓				✓	✓	✓	
	自怡軒詞選									
	詞綜		✓						✓	
	古今詞選									
	清綺軒詞選							✓		
	詞則·別調集		✓							
	詞則·閑情集								✓	

顧夐詞見錄歷代選本一覽表	序 列	9	10	11	12	13	14	15	16
	詞 調	河傳	甘州子	甘州子	甘州子	甘州子	甘州子	玉樓春	玉樓春
	首 句	棹舉	一爐籠麝錦帷傍	每逢清夜與良辰	曾如劉阮訪仙蹤	露桃花裏小樓深	紅爐深夜醉調笙	月照玉樓春漏促	柳映玉樓春日晚
	湘綺樓詞選								
	唐五代詞選	✓						✓	
	藝蘅館詞選								
清編詞譜	填詞圖譜	✓			✓			✓	
	詞律	✓					✓		
	詞律拾遺								✓
	欽定詞譜	✓	✓					✓	
	詞繫						✓	✓	
	天籟軒詞譜					✓			
	碎金詞譜		✓						

顧敻詞見錄歷代選本一覽表	序列	17	18	19	20	21	22	23	24
	詞調	玉樓春	玉樓春	浣溪沙	浣溪沙	浣溪沙	浣溪沙	浣溪沙	浣溪沙
	首句	月皎露華窗影細	拂水雙飛來去燕	春色迷人恨正賒	紅藕香寒翠渚平	荷芰風輕簾幕香	惆悵經年別謝娘	庭菊飄黃玉露濃	雲淡風高葉亂飛
統計		2	6	2	9	2	2	2	3
排名		12	8	12	5	12	12	12	11
宋編詞選	唐宋諸賢絕妙詞選		✓	✓					
明編詞選	詞林萬選								
	百琲明珠								
	花草粹編		✓		✓		✓	✓	
	唐詞紀	✓	✓	✓	✓	✓	✓	✓	✓
	唐宋元明酒詞								
	詞的		✓						
	古今詞統					✓			
	古今詩餘醉				✓				
明編詞譜	詩餘圖譜								
	文體明辨附錄·詩餘								
	嘯餘譜								
清編詞選	歷代詩餘	✓	✓		✓				
	自怡軒詞選								
	詞綜								
	古今詞選								
	清綺軒詞選								
	詞則·別調集								
	詞則·閑情集				✓				✓
	湘綺樓詞選								

顧敻詞見錄歷代選本一覽表	序　列	17	18	19	20	21	22	23	24
	詞　調	玉樓春	玉樓春	浣溪沙	浣溪沙	浣溪沙	浣溪沙	浣溪沙	浣溪沙
	首　句	月皎露華窗影細	拂水雙飛來燕	春色迷人恨正賒	紅藕香寒翠渚平	荷芰風輕簾幕香	惆悵經年別謝娘	庭菊飄黃玉露濃	雲淡風高葉亂飛
	唐五代詞選				✓				✓
	藝蘅館詞選								
清編詞譜	填詞圖譜								
	詞律								
	詞律拾遺				✓				
	欽定詞譜		✓		✓				
	詞繫								
	天籟軒詞譜				✓				
	碎金詞譜								

顧敻詞見錄歷代選本一覽表	序　列	25	26	27	28	29	30	31	32
	詞　調	浣溪沙	浣溪沙	酒泉子	酒泉子	酒泉子	酒泉子	酒泉子	酒泉子
	首　句	雁響遙天玉漏清	露白蟾明又到秋	楊柳舞風	羅帶縷金	小檻日斜	黛薄紅深	掩卻菱花	水碧風清
統計		2	1	5	5	6	7	9	8
排名		12	13	9	9	8	7	5	6
宋編詞選	唐末諸賢絕妙詞選								
明編詞選	詞林萬選								
	百琲明珠								
	花草粹編	✓		✓	✓		✓		
	唐詞紀	✓	✓	✓	✓	✓	✓	✓	✓
	唐宋元明酒詞								
	詞的								
	古今詞統								
	古今詩餘醉								
明編詞譜	詩餘圖譜								
	文體明辨附錄·詩餘								✓	✓
	嘯餘譜								✓	✓
清編詞選	歷代詩餘			✓	✓	✓	✓	✓	✓
	自怡軒詞選							✓	
	詞綜								
	古今詞選								
	清綺軒詞選								
	詞則·別調集								
	詞則·閑情集								
	湘綺樓詞選								

顧夐詞見錄歷代選本一覽表	序　列	25	26	27	28	29	30	31	32
	詞　調	浣溪沙	浣溪沙	酒泉子	酒泉子	酒泉子	酒泉子	酒泉子	酒泉子
	首　句	雁響遙天玉漏清	露白蟾明又到秋	楊柳舞風	羅帶縷金	小檻日斜	黛薄紅深	掩卻菱花	水碧風清
	唐五代詞選								
	藝蘅館詞選								
清編詞譜	塡詞圖譜								✓
	詞律			✓	✓	✓	✓	✓	✓
	詞律拾遺								
	欽定詞譜					✓	✓	✓	✓
	詞繋			✓	✓	✓	✓	✓	
	天籟軒詞譜					✓	✓	✓	✓
	碎金詞譜								

顧夐詞見錄歷代選本一覽表	序列	33	34	35	36	37	38	39	40
	詞調	酒泉子	楊柳枝	遐方怨	獻衷心	應天長	訴衷情	訴衷情	荷葉杯
	首句	黛怨紅羞	秋夜香閨思寂寥	簾影細	繡鴛鴦帳暖	瑟瑟羅裙金線縷	香滅簾垂春漏永	永夜拋人何處去	春盡小庭花落
統計		9	16	9	8	6	5	12	5
排名		5	1	5	6	8	9	2	9
宋編詞選	唐宋諸賢絕妙詞選								
明編詞選	詞林萬選		✓						
	百琲明珠								
	花草粹編	✓	✓	✓	✓	✓	✓	✓	✓
	唐詞紀	✓	✓	✓	✓	✓	✓	✓	✓
	唐宋元明酒詞								
	詞的					✓		✓	
	古今詞統								
	古今詩餘醉								
明編詞譜	詩餘圖譜			✓	✓			✓	
	文體明辨附錄·詩餘	✓	✓	✓					
	嘯餘譜	✓	✓	✓	✓			✓	
清編詞選	歷代詩餘	✓	✓	✓	✓	✓	✓		
	自怡軒詞選		✓						
	詞綜		✓				✓	✓	
	古今詞選								
	清綺軒詞選		✓						
	詞則·別調集								
	詞則·閑情集		✓					✓	
	湘綺樓詞選							✓	

顧敻詞見錄歷代選本一覽表	序　列	33	34	35	36	37	38	39	40
	詞　調	酒泉子	楊柳枝	遐方怨	獻衷心	應天長	訴衷情	訴衷情	荷葉杯
	首　句	黛怨紅羞	秋夜香閨思寂寥	簾影細	繡鴛鴦帳暖	瑟瑟羅裙金線縷	香滅簾垂春漏永	永夜拋人何處去	春盡小庭花落
	唐五代詞選		✓				✓		
	藝蘅館詞選								
清編詞譜	填詞圖譜	✓	✓	✓	✓			✓	
	詞律	✓	✓	✓		✓		✓	✓
	詞律拾遺								
	欽定詞譜	✓	✓					✓	✓
	詞繫	✓			✓	✓			
	天籟軒詞譜		✓	✓				✓	✓
	碎金詞譜		✓						

顧敻詞見錄歷代選本一覽表	序列	41	42	43	44	45	46	47	48
	詞調	荷葉杯	荷葉杯	荷葉杯	荷葉杯	荷葉杯	荷葉杯	荷葉杯	荷葉杯
	首句	歌發誰家筵上	弱柳好花盡拆	記得那時相見	夜久歌聲怨咽	我憶君詩最苦	金鴨香濃駕被	曲砌蝶飛煙暖	一去又乖期信
統計		4	1	5	6	2	3	1	8
排名		10	13	9	8	12	11	13	6
宋編詞選	唐宋諸賢絕妙詞選								
明編詞選	詞林萬選								
	百琲明珠								
	花草粹編			✓	✓		✓		✓
	唐詞紀	✓	✓	✓	✓	✓	✓	✓	✓
	唐宋元明酒詞								
	詞的			✓			✓		
	古今詞統			✓	✓	✓			✓
	古今詩餘醉								
明編詞譜	詩餘圖譜								
	文體明辨附錄·詩餘	✓							✓
	嘯餘譜	✓							✓
清編詞選	歷代詩餘				✓				
	自怡軒詞選								
	詞綜								
	古今詞選			✓					
	清綺軒詞選								
	詞則·別調集								
	詞則·閑情集								
	湘綺樓詞選								

顧敻詞見錄歷代選本一覽表	序　列	41	42	43	44	45	46	47	48
	詞　調	荷葉杯	荷葉杯	荷葉杯	荷葉杯	荷葉杯	荷葉杯	荷葉杯	荷葉杯
	首　句	歌發誰家筵上	弱柳好花盡拆	記得那時相見	夜久歌聲怨咽	我憶君詩最苦	金鴨香濃鴛被	曲砌蝶飛煙暖	一去又乖期信
	唐五代詞選				✓				✓
	藝蘅館詞選				✓				✓
清編詞譜	填詞圖譜	✓							
	詞律								
	詞律拾遺								
	欽定詞譜								✓
	詞繫								
	天籟軒詞譜								
	碎金詞譜								

顧敻詞見錄歷代選本一覽表	序　列	49	50	51	52	53	54	55	
	詞　調	漁歌子	臨江仙	臨江仙	臨江仙	醉公子	醉公子	更漏子	
	首　句	曉風清	碧染長空池似鏡	幽閨小檻春光暖	月色穿簾風入竹	漠漠秋雲淡	岸柳垂金線	舊歡娛	
統計		7	11	3	1	16	12	2	
排名		7	3	11	13	1	2	12	
宋編詞選	唐宋諸賢絕妙詞選			✓					
明編詞選	詞林萬選					✓			
	百琲明珠					✓			
	花草粹編		✓			✓	✓		
	唐詞紀	✓	✓	✓	✓	✓	✓	✓	
	唐宋元明酒詞	✓							
	詞的					✓			
	古今詞統					✓	✓		
	古今詩餘醉								
明編詞譜	詩餘圖譜		✓			✓			
	文體明辨附錄·詩餘	✓	✓				✓		
	嘯餘譜	✓	✓				✓		
清編詞選	歷代詩餘	✓	✓	✓		✓	✓	✓	
	自怡軒詞選								
	詞綜		✓			✓	✓		
	古今詞選								
	清綺軒詞選					✓			
	詞則·別調集								
	詞則·閑情集						✓		
	湘綺樓詞選								

顧敻詞見錄歷代選本一覽表	序　列	49	50	51	52	53	54	55	
	詞　調	漁歌子	臨江仙	臨江仙	臨江仙	醉公子	醉公子	更漏子	
	首　句	曉風清	碧染長空池似鏡	幽閨小檻春光暖	月色穿簾風入竹	漠漠秋雲淡	岸柳垂金線	舊歡娛	
	唐五代詞選		✓			✓	✓		
	藝蘅館詞選								
清編詞譜	塡詞圖譜	✓	✓				✓		
	詞律		✓			✓			
	詞律拾遺								
	欽定詞譜					✓	✓		
	詞繫					✓			
	天籟軒詞譜		✓			✓			
	碎金詞譜	✓				✓	✓		

歷代選本之版本：

1. 〔宋〕黃昇：《唐宋諸賢絕妙詞選》（臺北：曾文出版社，1975 年）。

2. 〔明〕楊愼：《詞林萬選》（臺南：莊嚴文化事業有限公司，1997 年 6 月《四庫全書存目叢書》）。

3. 〔明〕楊愼：《百琲明珠》（上海圖書館藏，明萬曆 41 年原刻本）。

4. 〔明〕陳耀文：《花草粹編》（臺北：臺灣商務印書館，1986 年 3 月《文淵閣四庫全書》）。

5. 〔明〕董逢元：《唐詞紀》（臺南：莊嚴文化事業有限公司，1997 年 6 月《四庫全書存目叢書》）。

6. 〔明〕周履靖：《唐宋元明酒詞》（臺北：藝文印書館，1968 年《百部叢書集成》）。

7. 〔明〕茅暎：《詞的》（北京：北京出版社，2000 年 1 月《四庫未收書輯刊》）。

8. 〔明〕卓人月、徐士俊：《古今詞統》（明崇禎間刊本，臺北：國家圖書館藏）。

9. 〔明〕潘游龍：《古今詩餘醉》（明崇禎丁丑十年海陽胡氏十竹齋刊本，臺北：國家圖書館藏）。

10. 〔明〕張綖：《詩餘圖譜》（上海：上海古籍出版社，2002 年《續修四庫全書》）。

11. 〔明〕徐師曾：《文體明辨附錄・詩餘》（臺南：莊嚴文化事業有限公司，1997 年 6 月《四庫全書存目叢書》）。

12. 〔明〕程明善：《嘯餘譜》（明萬曆己未 47 年刊本，臺北：國家圖書館藏）。

13. 〔清〕沈辰垣、王奕清等：《歷代詩餘》（臺北：臺灣商務印書館，1983 年《文淵閣四庫全書》）。

14. 〔清〕許寶善：《自怡軒詞選》（清嘉慶元年許氏刊本，臺北：國家圖書館藏）。

15. 〔清〕朱彝尊、汪森：《詞綜》（上海：上海古籍出版社，2008 年 3 月）。

16. 〔清〕沈時棟：《古今詞選》（臺北：東方書局，1956 年 5 月）。

17. 〔清〕夏秉衡：《清綺軒詞選》（道光間刊本，臺北：國家圖書館藏）。

18. 〔清〕陳廷焯：《詞則・別調集》（上海：上海古籍出版社，1984 年 5 月）。

19. 〔清〕陳廷焯：《詞則・閒情集》（上海：上海古籍出版社，1984 年 5 月）。

20. 〔清〕王闓運：《湘綺樓詞選》（王氏 1917 年湘綺樓刊本，臺北：國家圖書館藏）。

21. 〔清〕成肇麐：《唐五代詞選》（臺北：臺灣商務印書館，1956 年 4 月）。

22. 〔清〕梁令嫻：《藝蘅館詞選》（臺北：臺灣中華書局，1970 年 10 月）。

23. 〔清〕賴以邠：《塡詞圖譜》（臺南：莊嚴文化事業有限公司，1997 年 6 月《四庫全書存目叢書》）。

24. 〔清〕萬樹：《詞律》，見《索引本詞律》（臺北：廣文書局，1989 年 10 月）。

25. 〔清〕徐本立：《詞律拾遺》，見《索引本詞律》（臺北：廣文書局，1989 年 10 月）。

26. 〔清〕王奕清等：《欽定詞譜》（臺北：臺灣商務印書館，1983 年《文淵閣四庫全書》）。

27. 〔清〕秦巘：《詞繫》（北京：北京師範大學出版社，2010 年）。

28. 〔清〕葉申薌：《天籟軒詞譜》（清道光間刊本，臺北：國家圖書館藏）。

29. 〔清〕謝元淮：《碎金詞譜》（上海：上海古籍出版社，2002 年《續修四庫全書》）。